조제와 호랑이와 물고기들

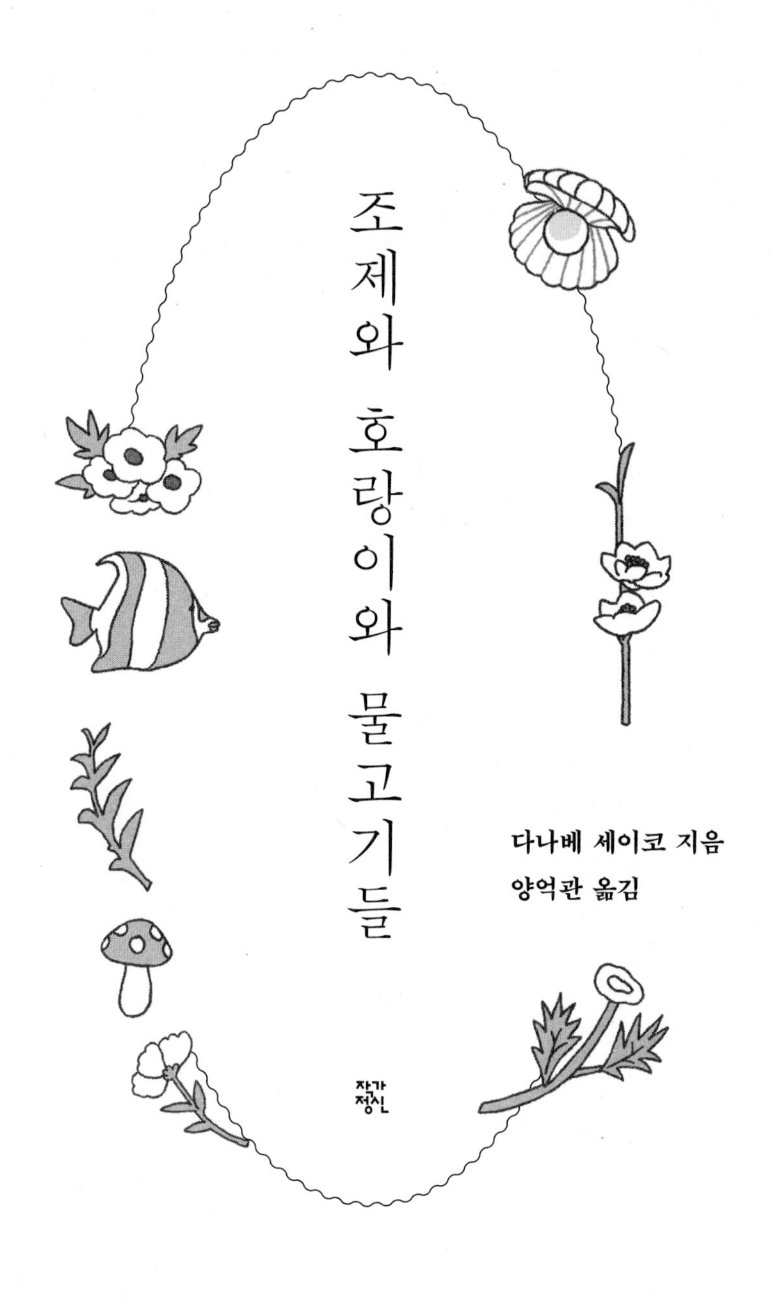

조제와 호랑이와 물고기들

다나베 세이코 지음

양억관 옮김

작가정신

차례

어렴풋이 알고 있었어

한 달 동안이나 고즈에는 혼란에 빠져 있다.

어떤 표정을 지으면 좋을까. 눈을 어디다 두면 좋을까. 어떻게 처신해야 할까.

눈은 휑뎅그렁하고, 배 속은 끓어오르는 것 같다. 딱히 증오심 때문에 화가 치미는 건 아니다. 여러 가지 요소가 마구 뒤섞여 있다. 고즈에는 자신의 배 속에 이런저런 독소가 가득 차서, 그게 알코올램프에서 부글부글 끓어오르는 것 같은 기분이다.

그러나 얼굴에는 드러내지 않는다.

평소처럼 해야 한다. 그러나 고즈에는 평소의 얼굴이 어땠는지, 잊어버렸다.

'그렇지, 검은 안경, 검은 안경을 쓰는 거야. 나는 상대의 얼굴을 보면서, 상대에게는 내 눈을 보여주지 않아야 해. 그래, 검은 안경을 쓰고 상대를 보는 거야!'

그거야, 하고 고즈에는 속으로 무릎을 쳤다.

고즈에는 두 손으로 안경테를 만들어 눈앞에 갖다 대고, 그 자세로 얼굴을 좌우로 돌리며, 이웃 사람에게 인사라도 하듯이 씨익, 이를 드러내 보인다.

그 자세로 책상 위에 걸린 거울 앞에 서서 제 얼굴을 가만히 들여다본다. 방에 혼자 있을 때 여러 가지 포즈를 잡아보는 어릴 적 버릇이 스물여덟 살이 된 지금까지 계속되고 있다. 혼잣말을 하기도 하고, 남의 목소리를 흉내내며,

"이런 멍청이!" 하고 욕을 해보기도 한다.

때로 손날로 허공을 베는 무의미한 시늉을 하면서,

"얍!" 하고 입으로 소리를 낸다.

마치 누군가의 목을 자르려는 것 같다.

그러면 기분이 상쾌해진다. 이런 버릇은 가족 누구도 모른다.

책을 읽다가 눈물이 나면,

'지금 어떤 표정으로 울고 있을까?' 하는 호기심에 거울

을 들여다본다. 줄줄 흘러내리는 눈물을 가만히 들여다보는 게 재미있다. 그러다가 정작 소설의 장면은 까맣게 잊어버리고, 울고 있는 자신의 모습이 너무 불쌍해 보여서 또 운다.

카세트테이프를 들을 때도, 저절로 울음이 나오곤 한다. 고즈에는 책장에 기대어 무릎을 세우고 눈물을 닦으면서,

'이런 포즈를 취하면 매력적으로 보일까? 배가 너무 나온 건 아닐까?' 하고 배를 내려다보며, 울면서도 배에 힘을 주어 안으로 끌어당기고, 한 손으로 뱃살을 집은 채,

'이것만 없으면, 얼마나……' 하고 생각하는 여자다. 중학생 시절에 하던 짓을 스물여덟 살이 된 지금까지도 여전히 하고 있다.

혼자만 되면 이런저런 행동을 해보지만, 가족(이라고는 하지만 아버지가 삼 년 전에 세상을 떠나는 바람에 어머니와 여동생뿐이다)과 다른 사람들 앞에서는 지극히 정상적인 표정을 짓는다. 나이에 걸맞게 세상물정 잘 아는 여자로 처신하려 노력한다. 그렇게 하면 별탈없이 세상을 살아갈 수 있을 것 같은 느낌을 가지고 있다.

그러나 한 달 전, 여동생 미도리의 한마디가, 좀 과장되게 말해서, 자신의 인생을 마구 뒤흔들어놓았다.

“나, 결혼할 거야, 언니.”

밥을 먹던 여동생이 갑자기 그렇게 말했다. 미도리는 스물여섯 살로, 오사카의 한 백화점 고급 부인복 코너에서 디자이너로 일하고 있다. 얼마 전까지만 해도, 나 결혼 안 할 거야, 내 가게를 낼 거야, 언젠가는 ‘미도리’ 브랜드를 가질 거야, 라던 미도리였다.

그런 면에서 고즈에와는 너무 다르다. 고즈에는 이것도 저것도 아닌 전문학교를 나와, 취직도 못 하고 있다가 아버지 친구의 도움으로 만년필 도매회사에 가까스로 취직했다. 회사원이라고도 할 수 없다. 핵가족적인 분위기의 작은 회사로, 근무는 편하지만 봉급이 너무 약하다. 젊은 남자도 있긴 하지만, 한낮에는 모두 거래처인 백화점을 도느라 코빼기도 보이지 않는다. 할아버지가 다 된 경리과장과 술집 매니저 같은 남자 셋과 함께 사무실을 지킬 때가 많다. 그런 직장생활을 한 지도 벌써 칠팔 년이나 되었다. 언젠가는 결혼할 거라는 막연한 생각을 가진 채 나이만 먹었다. 제 스스로도 나이만 먹은 아이라는 생각을 갖고 있다.

결혼하고 싶은 생각은 있지만, 딱히 적극적으로 남자를 찾아 선을 보지도 않는다. 부모님도 꽤 신경을 쓰긴 했지만,

아버지가 세상을 떠나고 어머니가 파트타임 일을 하게 되면서부터는 고즈에의 결혼에 대해서 신경 쓸 여유가 없다. 세월만 하염없이 흘렀다. 고즈에는 그래도 막연하게, 언젠가는 결혼할 거야, 라고 생각하고 있다. 딱히 어머니가 엄하게 교육을 시킨 건 아니지만, '결혼'을 인생에서 가장 중요한 일이며, 가장 중대한 전환점이라 여겼다. 진짜 인생이란 '결혼'에서 다시 시작된다고 믿는 자신이, 설마 이런 작은 회사에서 칠팔 년이나 근무하게 될 줄은 상상도 하지 못했다.

그래도 고즈에는 자신이 혼자서 나이만 많이 먹었다는 실감이 없다.

지금도 학교를 나와 이삼 년밖에 안 지난 듯한 느낌이 든다. 다만, 가게의 젊은 남자들 얼굴이 수시로 바뀌고, 그들의 나이는 해를 거듭할수록 젊어지는 것 같았다. 게다가 바로 얼마 전에 유행한 영화나 음악인 줄로만 알았던 것들이 그들의 말에 따르면 한결같이,

"고리타분해. 그건 사오 년 전에 히트한 거잖아."

그럴 때마다 '내가 스물여덟, 이나 됐어!' 한다.

심각해져야 마땅한데, 어딘가 나사 하나가 풀린 듯, 마치 고무풍선을 물속으로 밀어 넣을 때처럼, 마음은 금방 두둥

실 떠오르고 만다.

고즈에는 패션 잡지에 나오는 〈웨딩드레스 특집〉 따위를 보는 게 즐겁다.

'옷깃이 하늘하늘한 게 정말 마음에 들어. 소매는 저게 더 좋아.'

혼자서 그런 몽상에 빠진다.

'이런 후줄근한 직장에 근무하다가는 젊은 남자를 만날 기회도 잡지 못할 텐데 어쩌지, 이제 그만두는 게 좋겠어.'

그러나 그것도 공상에 그칠 뿐, 부지런한 고즈에는 아침이 되면 피할 수 없는 숙명이라 생각하고 회사에 나간다. 회사는 번화한 신자이바시에 있어서 그것만으로도 기분이 좋았다. 거리를 오가는 멋진 남자를 보고 결혼의 공상에 빠져들어 이런저런 장면을 머릿속에 그려보면서도 남자에게 말붙여볼 생각은 한 번도 해본 적이 없다.

친척도 젊은 세대로 중심이 바뀌면서 관계가 소원해진 탓인지, 올드미스가 둘이나 진을 치고 있는데도 신경 써주는 사람이 없다.

어머니는 이제 고즈에의 결혼 따위는 생각할 여유도 없는 것 같다. 아버지의 퇴직금은 집을 리모델링하느라 반은 날

려버린 상황이라서, "나중에 이 층을 세놓으면 연금하고 해서 겨우 나 혼자는 살아갈 수 있을 거야" 하고 노후생활을 걱정할 따름이다. 어머니의 계획 속에는 고즈에나 미도리의 결혼은 아예 들어 있지도 않은 것 같다.

그러나 고즈에는 어떻게든 되겠지 하는 낙관적인 생각을 하고 있다. 그런 점에서는 어머니랑 많이 닮았다.

정신연령이 낮아서 그런지는 모르겠지만 나이보다 훨씬 어려 보이는 것만이 고즈에의 유일한 매력 포인트인데, 도무지 섹시한 맛이 없어서인지 남자가 말을 걸어오는 법이 없다.

동그란 얼굴에 통통한 볼과 하얀 피부. 자그만 코와 입, 조금 쳐진 작은 눈. 목덜미는 하얗지만 굵고, 볼에는 보조개가 파였다. 전체적인 생김새가 통통한 게 너무 복스러워서, 경리를 보는 할아버지는 정말 미인이라고 목소리를 높이지만, 고즈에는 자신을 복자루를 매고 신사나 절간 같은 데 서 있는 복신 같다고 생각한다. 자세히 뜯어보면 미운 구석은 하나도 없다. 피부도 매끈한 게 마음에 든다. 눈만 좀 더 팽팽하고 쌍꺼풀이 졌으면 얼마나 좋을까 하고 열심히 거울을 보며 억지로 힘을 주어 쌍꺼풀을 만들어본다. 성형수술을 받아볼까 생각도 해보지만, 결단을 내리지 못한다.

용기와 결단력 없는 자신을 회의해본 적도 없다.

'만일 수술이 잘 되기만 한다면 더 예뻐질 수 있을 텐데…….'

그런 꿈을 꾸어볼 따름이다. 꿈만 꾸면 뭐해, 하고 스스로를 질책하면서도, 성형수술도 결혼과 마찬가지로 늘 몽롱한 꿈에 그치고 만다.

그래도 누군가에게 헌신하고 싶고, 사랑하고 싶은 기분은 해가 갈수록 강해졌다.

차라리 미도리처럼 처음부터,

"난 결혼은 안 해. 일만 하면 돼"라고 선언하는 것이 차라리 나을지도 모른다. 그러나 딱히 좋아하는 것도 없고 목표도 없이 그냥 결혼하고 싶다는 기분만 가지고 있으니, 어쩔 수 없는 노릇이다.

미도리는 고등학교를 나와 양재 전문학교를 다녔고, 또 도쿄까지 가서 배우고 왔다. 이 년 만에 돌아왔을 때는 촌티라고는 전혀 찾아볼 수 없을 정도로 세련된 미인이 되어 있었다. 그 후 오사카의 백화점에 입사하여 솜씨를 갈고닦았다. 결혼은 절대로 하지 않겠다고 선언하는 것을 보고, 그러려니 하고 있었는데, 어느 날 갑자기 신념을 바꾸어 결혼하겠다고 나선 것이다.

어머니는 욕실에 있었다.

"엄마한테 말했어?"

"응. 잘 생각했다고 하더라."

미도리는 팽팽하고 까무잡잡한 피부에다, 직업상 스타일에 신경을 쓰다보니 군살이라고는 찾아볼 수 없는 몸매다. 자연스럽게 흐르는 머리칼과 초롱초롱한 눈을 가졌다.

"한 집에 둘이나 올드미스로 죽치고 있으면 보기에도 안 좋잖아. 어느 한쪽이라도 빨리 처리하는 게 좋지 않을까? 이번 기회에."

"맞아, 그런데, 어떤 사람?"

"그냥 샐러리맨. 친구의 친구. 등산 동료야."

그러고 보니 미도리는 등산을 좋아해서 휴일마다 산에 간다. 고즈에는 걷는 걸 싫어한다.

고즈에는 요리를 좋아해서 미도리의 도시락도 잘 싸준다.

"내일 아침은 첫 전철을 타야 해" 하고 미도리가 말하면,

"알았어" 하고 새벽 네 시에 일어나 도시락을 만들어준다. 그런 일은 하나도 고생스럽게 느끼지 않는 성격이고, 취

미가 '헌신'이라, 누군가를 위해서 뭔가를 해주는 걸 너무 좋아한다. 어머니가 직장에 나가고부터 고즈에는 혼자서 집안일을 했다. 이런저런 요리도 만들어보고, 언젠가 결혼하면 가지고 갈 요량으로 매달 저축을 해서 멋진 접시나 그릇도 사들인다.

'언젠가 새 생활을 할 때, 이걸 쓸 거야.'

그런 생각을 하면서, 리허설을 하는 기분으로 요리를 해서 그 그릇에 담아낸다.

그렇게 꿈을 꾸며 혼자 노는 게 버릇이 되어버린 고즈에는,

'무슨 수를 쓰든 결혼할 거야, 결혼 못 하면 죽어버릴 거야'라는 식의 절실한 욕망을 돌발적으로 일으킬 수 없다.

그날도 미도리가 가볍게 술을 마시고 들어오자, 고즈에는 차에 밥이나 말아줄까 하다가 문득 생각이 바뀌어 전자레인지에 밥을 데워서 그 위에 소금과 말차를 뿌리고 오이절임 몇 조각을 올려서 말차밥을 만들어주었다.

신차가 나오는 계절에 좋은 말차를 사서 밥 위에 뿌리면, 차조기밥이나 미역밥보다도 맛이 좋다.

말차를 뿌린 밥에 볶은 녹차를 따라주자,

"정말 맛있어. 언니 요리는 정말 나를 감탄하게 해" 하고

미도리가 즐겁게 재잘거린다. 고즈에는 그걸로 대만족이다. 화장이 피부에 잘 받거나, 화창한 날 새로 산 구두를 신거나, 말차로 밥을 만들어주고 칭찬을 들으면, 고즈에는 그것만으로도 자신의 인생이 보람차다는 만족감에 젖어든다.

"나도 언니처럼 요리를 잘하면 좋을 텐데. 정말 걱정이야."

"넌 일만 해. 집안일은 내가 할 테니까."

"나, 결혼할 거야, 언니."

"에! 정말이니?"

고즈에는 제 일도 아닌데 결혼이란 말만으로도 가슴이 두근거렸다. 그런 일이 바로 곁에서 일어난다는 게 믿기지가 않았다.

"응. 좀 망설였어. 언니보다 먼저 가는 게 미안해서. 그렇지만 결혼한 후에도 일을 계속해도 좋다니까, 그렇게 하기로 했어."

"누가?"

"그 애가."

'그 애'는 아마도 미도리가 결혼할 상대를 말하는 것 같은데, 경어를 쓰지 않았다. '그 애'라는 말은 천박한 느낌도 주지만 어딘지 모르게 친밀한 느낌을 주는 것 같기도 하다. 고즈에는 '그 애'라는 말에 완전히 두 손을 들었다는 듯 입을 꾹 다물었다.

부러운 것도 아니고, 화가 나는 것도 아니고, 질투하는 것도 아니지만, 꿈속에서만 생각하던 결혼이 벼락처럼 바로 곁에 떨어지는 사태에 직면한 데다, 그것도 여동생이라니, 너무도 충격적이었다.

"화났어?"

미도리는 면바지의 무릎을 끌어안으면서 물었다.

"왜? 좋은 일인데 뭐."

"그 애, 한번 데리고 올게. 느낌이 괜찮은 애거든."

그런 괜찮은 애를 어떻게 알게 되었는지, 고즈에는 그 이야기를 자세히 듣고 싶었다. 동생과는 비교적 사이가 좋은 편이었지만, 미도리가 도쿄에 갔다 온 후로는 예전처럼 붙어 다니지 않았다. 어른스러워진 미도리가 오히려 언니 같다. 고즈에가 결혼에 대한 본심을 감추고 있듯, 미도리도 사생활의 세세한 부분에 대해서는 말하지 않았다. 그렇게 자매 사이에 거리감이 생기고부터 서로 다투지 않고 잘 지낼 수 있게 된 것 같다. 그런 한편으로 미도리는 '꿈꾸는 식물' 같은 언니를 내심 경멸하는 부분이 있었다. 고즈에도 그런 눈치는 채고 있었다.

스물여섯 살의 미도리가 고즈에보다 세속에 훨씬 더 많이 물들어 있었다.

다만, 고즈에는 취향의 문제에 대해서만은 단호하게 자신의 뜻을 관철한다. 그녀는 나풀나풀한 프릴과 아래가 확 퍼진 드레스를 좋아하는데, 미도리는 직업적인 감각으로 그런 취향을 비판한다. 그러나 고즈에는 그런 취향에 대해서만은 절대로 프로의 말을 듣지 않는다.

"괜찮아. 이대로가 더 좋아."

고즈에는 고집을 부리며, 하늘하늘한 블라우스에 플리츠스커트 차림으로 외출한다. 미도리가 고급 천에 재봉이 잘된 옷을 많이 갖고 있는 데 반해, 고즈에는 싸구려라도 낭만적인 아름다움을 느끼게 하는 옷을 많이 갖고 싶어한다. 그래서 눈에 들어오는 물건이 있으면 그냥 사서는 억지로 끼어 입는다. 숨을 제대로 쉴 수 없을 정도나 되어서야 만부득이 뜯어서 고치기도 하지만, 그럴 때도 미도리에게는 의논하지 않는다. 한 벌에 오륙십만 엔, 싸다고 해봐야 삼십만 엔이나 하는 고급품만 만드는 미도리는 언젠가,

"천이 너무 매끈해서 싸구려 같잖아" 하고 말하면서 웃은

적이 있다. 딱히 악의가 있어서가 아니라, 너무도 낭만적인 디자인에 속이 거북해졌고, 또 그런 옷을 사서 입는 사람이 이 세상에 있다는 사실에 가벼운 충격을 받았기 때문이다. 동생의 그런 순수한 호기심에서 비롯한 웃음에 고즈에는 상처를 받고 말았다.

"괜찮아, 좋은걸, 난 이런 게 좋단 말이야."

고즈에는 정색을 하면서, 자신의 취향에 대해서는 절대로 양보할 수 없다는 태도를 취했다. 고즈에는 동생에게 경멸당했다는 기분이 들었다. 아마도 그것은 자신의 일과 목표를 가지고 한 걸음 한 걸음 나아가는 동생에 대한 열등감에서 비롯된 건지도 모른다.

'프로의 눈으로 보면 이상할지 모르겠지만, 난 이게 좋아.'

고즈에는 속으로 그렇게 외쳤다.

'자매라고 해서 하나에서 열까지 똑같으란 법은 없잖아.'

그렇게 속으로 외친 건 상처받기 쉬운 자신의 프라이드를 무의식적으로 지키고 싶었기 때문일지도 모른다. 미도리는 영리하다.

"그래, 언니는 그런 옷이 잘 어울려. 사람이란 제 나름의 매력 포인트가 정말 다른 거야."

그런 식으로 언니의 취향을 인정해주면서 자신의 신조를 무조건 고집하지 않는다. 고즈에는 동생이 자신을 가지고 노는 듯한 느낌이 들긴 했지만, 갑자기 기분이 좋아진다. 음식이 맛있다는 칭찬을 듣거나, 옷이 멋있다고 하면 그만 포만감에 젖어 하루 종일 행복하게 지낼 수 있다.

지금 사는 집은 종전 직후에 시에서 지은 시영주택으로 판잣집이나 다름없다. 부모님이 결혼해서 살기 시작했을 즈음에 시 당국이 싸게 불하하여, 이 일대의 주민들은 요행히도 집을 소유할 수 있었다. 오사카 근교라서 교통도 편리하다. 좁긴 하지만 1950년대 말에 일차로 개축을 했다가, 세월이 지나 다시 이 층으로 개축했다. 고즈에의 집도 세 번이나 개축하여 이층집으로 만들었는데, 얼마 후 아버지가 세상을 떠났다.

이 층에는 두 평짜리 방이 두 개 있어서, 자매는 그 하나씩을 차지하고 있다.

언젠가는 '결혼'해서 나갈 거라는 확고한 미래를 가지고 있었기에, 고즈에는 그 두 평짜리 방에서도 흡족하게 살 수 있었다. 꿈만 먹어도 배가 부른 상태가 몇 년째 계속되고 있다. 미도리와 고즈에의 방 사이에는 칸막이 문이 달려 있는

데, 여름에는 그냥 열어둔 채 자매가 베개를 나란히 하고 자기도 한다. 고즈에는 그런 생활에 평화로움을 느끼고 흡족해했지만, 미도리는 꼭 그렇지만도 않은 것 같았다.

"언니, 왜 멋대로 문을 열고 그래" 하고, 웃고는 있지만 바늘 끝이 살짝 엿보이는 표정으로 항의 아닌 항의를 해온 적도 있다. 고즈에는 일 층에 있는 경대를 어머니와 함께 사용하고 있지만, 미도리는 도쿄에서 사용하던 화장대를 가지고 와서 창가에 놓아두고 있었다. 어느 날, 고즈에가 그 서랍을 열었다.

"미안, 미도리, 냅킨 좀 가져갈게."

고즈에는 전에 미도리가 서랍에 냅킨을 넣어두는 것을 보았기 때문에, 아무 생각 없이 서랍을 열었다.

"냅킨은 일 층 세면대 옆에 얼마든지 있잖아."

미도리는 내뱉듯이 그렇게 말했다.

고즈에는 동생에게 한마디 듣고 나면 그만 기가 죽어버린다.

"왜 그래!" 하고 반격도 하지 못한다. 그 말이 늘 마음에 남아서, 자신이 잘못했다는 생각마저 든다. 고즈에는 미도리가 자신보다 건실하고 빈틈이 없다는 사실을 잘 알고 있기에, 미도리가 화를 내면 자신이 아주 잘못한 것 같은 생각이

드는 것이다.

그러면서도 고즈에는 한편으로,

'아무것도 아닌 일로 왜 화를 내고 그래, 고작 서랍 한 번 열었을 뿐인데' 하고 속으로 불평을 한다. 고즈에는 그런 일들을 동생이 일기에 쓰지 않을까 궁금해서, 딱히 일기를 확인해봐야겠다는 생각도 없으면서 미도리가 집에 없을 때 저도 모르게 서랍을 열고 말았다. 손수건과 스카프가 차곡차곡 개켜진 한구석에 냅킨 상자가 있고, 그 밑에 낯선 상자 하나가 있었다. 고즈에는 머뭇거리다가 안에 든 물건을 꺼내보았다. 얇은 고무 제품이었다.

들어본 적은 있는데, 이게 그건가? 고즈에는 호기심을 억누르지 못하고 그 얇은 고무 제품을 뚫어져라 바라본다. 생각한 것보다 보잘것없고 얇아서 실망스럽다.

요즘 여자애들은 중학 시절부터 손에 넣기도 한다는데……. 고즈에는 그런 생각도 해본다.

'괜히 봤어.'

고즈에는 황망히 제자리에 놓아둔다. 책이나 잡지에서 보긴 했지만 실물은 처음이었고, 게다가 그걸 가진 사람과 한집에서 살고 있다는 생각을 하니 가슴이 두근거려 견딜 수

가 없었다. 고즈에는 자신의 방으로 돌아와 손날로 허공을 가르며,

"얍!" 하고 외쳤다.

'아, 깐딱이야…….'

그러면서 깜짝 놀랐을 때의 자신의 표정이 어떤지 궁금해 손거울을 들고 가만히 자신의 얼굴을 들여다본다. 고즈에는 어릴 적에 혀가 잘 돌아가지 않아서 '깜짝 놀랐어'를 '깐딱 놀라떠'라고 발음했다고 한다. 아버지는 그런 고즈에가 귀여워 자주 딸의 말투를 흉내냈고, 다른 가족도 기분이 좋을 때면 그런 고즈에의 말투를 흉내내곤 했다.

그 버릇이 오랜만에 고즈에의 입에서 되살아났다.

미도리는 그런 물건을 사용할 찬스가 있는 걸까, 그렇다면 동생은 자신과는 비교도 안 될 정도로 어른이다. 고즈에는 그런 지식을 머릿속에 잔뜩 넣고는 있었지만, 실적이 없어서, 상상을 하다 보면 중간부터 안개가 낀 듯 뿌옇게 흐려지고 만다. 비밀스런 남녀의 일에 대해 상상이 안 가는 건 아니지만, 어쨌든 입으로는 묘사할 수 없는 일이라고 이해하고 있다.

고즈에의 생활은 짙은 안개에 둘러싸여 취생몽사로 살아

가는 거나 다름없다.

그녀가 때로 손날로 허공을 가르며,

"얍!" 하고 외치는 것은 짙은 안개를 걷어내려는 무의식적인 갈망의 표현인지도 모른다.

결혼할 거라는 미도리의 말을 듣고, 그 서랍 속의 물건이 떠올라, 고즈에는,

'역시 결혼하려는 여자애는 달라' 하고 남의 일처럼 생각하고 만다. 반응이 좀 둔한 편인지도 모른다.

미도리가 결혼하게 되고, 결혼 그 자체가 현실로 다가오기 전까지는 거기에 대해서 생각도 해보지 않았다.

미도리는 어머니의 직장으로 그 청년을 데리고 가서 먼저 선을 보였다. 미도리다운 행동력이다. 청년은 미도리보다 한 살 아래다.

"덩치도 큰 게 건강해 보였어. 인상도 좋고. 사내다우면서 상냥해 보이더라."

어머니는 마음에 들었는지 그렇게 칭찬했다.

"흥, 그랬어. 산 사나이가 뭐 그리 대단하다고."

고즈에는 그런 말을 하면서도, 마치 그 청년이 자신의 결혼 상대라도 되는 듯, 온갖 상상을 다 한다. 회사에서 일할

때 왠지 마음이 붕 떠 있었던 것도 그 때문인지 모른다.

그러나 정작 그 혼담이 고즈에 자신의 것이 아니기에, 가슴을 두근거리고 있다가 그냥 찬물을 뒤집어쓰고 만다. 교토에 사는 고모가 미리 결혼 축의금을 주러 와서,

"고즈에, 부럽지 않니? 그것도 다 인연이 닿아야 하는 법이지. 하기야 좀 기다리다 보면 너에게도 좋은 일이 생기지 않겠니? 너무 질투하지 말고 기분 좋게 동생을 보내주도록 해라" 하고 위로의 말을 했을 때는 아무리 마음씨 좋은 고즈에라도 화가 치밀고 말았다.

"나, 질투 같은 거 안 해. 고모는 별말을 다 하고 그러네."

말은 그렇게 하지만 속이 부글부글 끓어 참을 수 없었다. 결코 증오심이나 질투가 아니다. 물론 질투, 부러움, 원망, 우울, 울분, 외로움 같은 것도 있지만 그런 것 말고도 가슴이 따스해지는 즐거움, 호기심, 두근거림, 흥분 같은 것이 있어서, 고즈에의 기분은 결코 어둡지만은 않았다. 어두운 색깔의 구슬들 중에 깨끗하고 반짝이는 구슬이 적당히 섞여 있어, 보기에도 아름다운 독소 같은 풍경을 이루고 있다. 그런 양극단의 기분이 가슴속의 플라스크 안에서 부글부글 끓어오른다. 고즈에는 그런 상태를 아슬아슬한 기분으로 즐기고

있다. 그런데 고모가 묘한 동정심을 드러내 보이니, 알코올 램프의 온도가 올라가서 플라스크 안의 독소가 갑자기 끓어올라 펑! 폭발할 것 같은 기분이 든다.

고즈에는 이 층으로 올라가 혼자서,

"멍청이!" 하고 외치며 손날로 허공을 가르고,

"얍!" 하고 기합을 넣었다.

그 후 이웃 사람에게도 위로의 말을 듣고 말았다. 이 거리에서만 몇 십 년을 살고 있는 사람들이 많다.

"동생을 보내고 혼자 남으면 정말 외롭겠어."

결혼 이야기는 점점 구체화되어갔다. 주례를 정하고, 남들이 입던 웨딩드레스를 빌려 입는 게 싫다고 미도리는 드레스를 직접 만들기로 하고, 살림할 곳은 남 오사카의 아파트로 정하고, 결혼식 날을 정하고. 미도리는 그런 일들을 거침없이 결정해나갔다. 어머니는 결단력이 없어서(고즈에도 그렇다) 미도리가 뭔가 계획을 세우면,

"흠, 그게 좋겠어" 하고 고개만 끄덕인다.

"둘이 모은 돈으로 아파트 대금을 치르고 나면 남는 게 없어. 그릇이나 숟가락은 집에 있는 걸 가지고 갈래. 모양은 안 맞아도 괜찮아. 어차피 나, 밥도 안 지을 건데 뭐. 그 애가

오히려 음식을 더 잘해. 산에서 많이 해봐서."

"그러니? 음식을 안 만들어도 되는구나."

그런 말을 하는 고즈에의 머릿속에서는 벌써 상상의 나래가 펼쳐지고 있다. 부엌에서 음식을 만드는 덩치 큰 산 사나이. 그가 만드는 음식이 자신을 위한 것 같은 생각이 들어 가슴이 두근거리기 시작한다.

회사에 가서는 누구랄 것 없이 스치기만 해도,

"우리 동생 결혼해요" 하고 마치 자신의 일처럼 고한다. 그러면 사람들은,

"자네도 빨리 시집가야지" 하고 놀린다. 그런 말이 나오게 한 장본인이 바로 자신임에도 불구하고, 고즈에는 그럴 때마다 화가 치민다.

그렇게 고즈에는 반은 속을 끓이고, 반은 가슴을 두근거리며, 마치 자신이 결혼하는 듯 들뜬 마음으로 하루하루를 보내고 있다.

고즈에가 화를 내는 것은 이웃이나 회사 사람이나 고모의 반응 때문이기도 하지만, 어머니가,

"어쩐지 그 가와코시라는 사람에게서 편지가 오곤 하더라" 하고 이상하다는 듯이 말했기 때문이기도 하다.

"편지? 미도리짱에게?"

"응, 일주일에 세 번이나 올 때도 있었어."

"처음 듣는 말인데. 에, 그런 일이……."

어머니의 귀가가 가장 빠르기 때문에, 우편물은 늘 어머니가 정리한다. 어머니는 두 딸의 우편물을 각자의 방에 놓아두는데, 고즈에가 모르는 사이에 미도리에게 그런 편지가 왔던 것이다.

고즈에는 그 말을 듣고서야 비로소 구체적인 질투를 느꼈다.

'무슨 할말이 그렇게도 많아. 일주일에 세 번씩이나.'

그런 생각을 하니, 새삼 남자에게 편지를 받으면서도 눈곱만큼도 표를 내지 않았던 미도리가 무서우리만치 냉정한 어른으로 보여 음침한 기분이 들었다.

그러면서도 미도리는, 언니가 음식을 만들면 정말 맛있다고 칭찬을 하는가 하면, 완성된 웨딩드레스를 보여주며 자랑까지 했다. 실크로 만든 그야말로 단순명쾌한 스타일로, 키 크고 군살 없는 미도리 같은 어른스런 여자에게 잘 어울리는 드레스였는데, 고즈에는 거기에서 또 구체적이고도 생생한 질투를 느꼈다. 꿈에 젖어 사는 고즈에이다 보니, 어떤 추상적인 것보다는 형태를 가진 구체적인 물건이 잠들어 있는 질투 충동을 불러일으키는지도 모른다.

그러나 고즈에는 자존심 때문에 그런 마음을 다른 사람에게 들키고 싶지 않았다. 교토에 사는 고모의 말에 화가 치민 것은, 그 말에 진리가 숨어 있기 때문이다.

“이번 일요일에, 그 애 올 거야”라는 미도리의 말에 고즈에의 혼란은 점점 깊어갔다.

“한번 봐” 하고 미도리는 무슨 물건이라도 배달되어 오는 것처럼 말했다. 집에 데리고 와서, 고즈에에게 소개하고, 어머니와 함께 차나 한잔 하자고 말하는 미도리에게,

“식사를 같이 하면 어떨까. 내가 뭘 좀 만들지 뭐” 하고 고즈에는 들뜬 표정으로 말했다. 고즈에는 남자가 집에 온다는 것만으로도 가슴이 두근거렸다. 그 청년에게 음식을 만들어 먹일 생각만으로도 즐거웠다.

“정말? 그럼, 그렇게 해줘” 하고 미도리는 웃으면서 말했다.

고즈에는 그 웃음이 마치 자신의 마음을 꿰뚫어 보아서 나온 것처럼 여겨졌는데, 이는 아마도 자신의 비뚤어진 심리 때문일 거라고 고쳐 생각했다.

미도리는 외박은 하지 않았지만, 결혼을 공언한 이후로 늦게 들어오는 날이 많아졌다. 고즈에가 깊이 잠든 한밤중

에 열쇠로 문을 따고 들어와서는 마음이 놓이는지, 후! 하고 한숨을 내쉬곤 했다. 향수인지 양주인지 모를 강렬한 냄새를 풍길 때도 있었다. 그날, 미도리는 머리맡의 스탠드만 켜 놓고 옷을 갈아입는 것 같았다. 이불장은 고즈에의 방에 있기 때문에 늘 고즈에가 이불을 깔아놓는다. 미도리는 술에 취해서인지 동작이 거칠었다. 엷은 자주색 바지를 벗어 아무렇게나 말더니 두 방의 경계선 부근으로 집어던졌다. 향수와 양주, 담배 냄새가 한꺼번에 풍겼다. 냄새가 너무도 강렬해서, 마구 구겨진 엷은 그 바지 자체가 성숙한 여자의 방울진 기름기처럼 느껴졌다. 미도리가 다시 후! 하고 숨을 내쉬었는데, 고즈에는 그 바지가 마치 사람처럼 소리를 내는 듯한 느낌에 사로잡혔다.

갑자기 조용해져서 머리를 들고 슬쩍 엿보니, 미도리는 재킷과 블라우스를 아무렇게나 벗어던진 뒤 잠옷 상의만 입고는 이불 위에 벌렁 누워 자고 있다. 얇고 하얀 면 팬티가 너무 작아서, 자르르 윤기 흐르는 음모가 힘차게 바깥으로 얼굴을 내밀고 있다. 하반신은 그대로 드러낸 채 잠에 빠진 미도리의 미끈한 갈색 다리는 튀어 오르는 힘과 차는 힘을 갖춘 탄탄한 근육으로 감싸여 있고, 그 뿌리께를 장식하는 털도, 똑같이 강렬해 보였다. 미도리도, 그녀의 꼬불꼬불한 음모도 너무 기가 살아 있는 것 같아서 고즈에는 코가 납작해지는 듯한 기분에 사로잡혔다.

성숙한 여자에게는 도저히 상대가 안 된다는 생각이 가슴에 절절이 와닿았다.

일요일은 진짜 여름다운 날씨로, 덥고 쾌청했다. 바다와 산은 계절의 가슴을 활짝 펴고 피서객을 기다리고 있었지만, 요 며칠 날씨는 줄곧 흐렸다.

아직도 밝은 저녁나절, 미도리가 청년을 데리고 왔다. 고즈에는 게살과 은어를 굽고, 호박 스프를 만들고, 일식과 양식이 마구 뒤섞인 음식들을 만들다가 그만 지쳐버리고 말았다. 좀 더 특색 있고 맛깔스런 음식을 만들걸 그랬다며 후회한 것도 청년에 대한 기대가 그만큼 컸기 때문이다. 이 집에 젊은 남자가 찾아오는 일은 역사상 처음이라, 고즈에는 그만 흥분하고 만 것이다.

약속한 여섯 시 반보다 조금 늦게 미도리의 목소리가 들려왔다. 고즈에는 황망히 부엌에서 나와 욕실로 달려갔다. 개축할 때 고양이 낯짝만 하던 정원을 없애고 그 자리에 욕실을 만들었다. 그리고 경대는 그 앞 복도에 걸려 있다. 서둘러 화장을 하긴 했지만, 평소보다 분이 짙고 립스틱도 너무 빨간 것 같은 기분이 들었다.

평소처럼 웃으면 어떻게 보일까 하고 거울 앞에서 씨익, 웃어보았다. 그러면서 가와코시라는 '그 애', 산 사나이의 눈에 자신의 모습이 어떻게 비칠까, 하고 두근거리는 가슴으로 생각해보는 것이다.

"이쪽인가요?"

갑자기 남자의 목소리가 들려오더니, 복도의 유리문이 열렸다. 화장실은 욕실 바로 옆에 있다.

남자는 이 집에 갑자기 나타난 에일리언 같았다. 생각보다 훨씬 높은 곳에 햇볕에 그은 머리가 달려 있었다. 남자는 거울 앞에 서 있는 고즈에를 보고 앗! 하는 얼굴로 우물쭈물하면서,

"실례합니다" 하고 머리를 숙였다.

고즈에는 울상이 되어 부엌으로 도망쳤다.

남자는 화장실에서 나와 거실에 앉아 있는 듯했다. 어머니와 이야기를 나누는 모양이다. 미도리가 불렀다.

"언니, 안 와? 언니, 부끄러운 거야?"

미도리는 청년을 향해,

"언니는 부끄럼을 잘 타" 하며 웃었다. 청년이 밝은 목소리로 대답했다.

"나도 그래. 나 같은 사람이 있다니, 정말 기분 좋은걸."

자세히는 못 보았지만, 청년은 건장한 체격에 꽤 괜찮은 얼굴이었다. 그 얼굴에 잘 어울리는 그늘 하나 없는 목소리였다.

"언니, 빨리, 이리 와. 뭘 우물쭈물하고 있어!"

미도리와 어머니가 웃었다. 고즈에는 여전히 부끄러워하며 나가기를 망설인다. 고즈에는 여태 저런 청년이 나타나기를 기다리고 있었던 것 같은 기분에 사로잡힌다. 젊은 남자의 기운이 이 낡고 작은 집 안으로 흘러들어오다니, 믿을 수 없는 일이다. 고즈에는 거의 황홀경에 빠져 있다.

그러나 남자의 상대는 여동생이다.

고즈에는 이렇게 꿈속에서만 살다가, 평생 남자를 못 만나고 끝날지도 모른다.

고즈에는 자신의 그런 숙명을 옛날부터 어렴풋이 느끼고 있었는지도 모른다고 생각했다. 그것을 알면서도 방법이 없다.

"언니, 정말 이상하네. 빨리 와."

"응."

고즈에는 가냘픈 목소리로 대답하고, 음식 나를 준비를 시작했다. 이렇게 부끄럼을 타다가도 정작 거실로 나가면, 너무 기쁜 나머지 혼자 떠들어댈지도 모른다. 그런 자신의 모습도, 고즈에는 전생에서부터 어렴풋이 알고 있었던 듯한 기분이 들었다.

조제와 호랑이와 물고기들

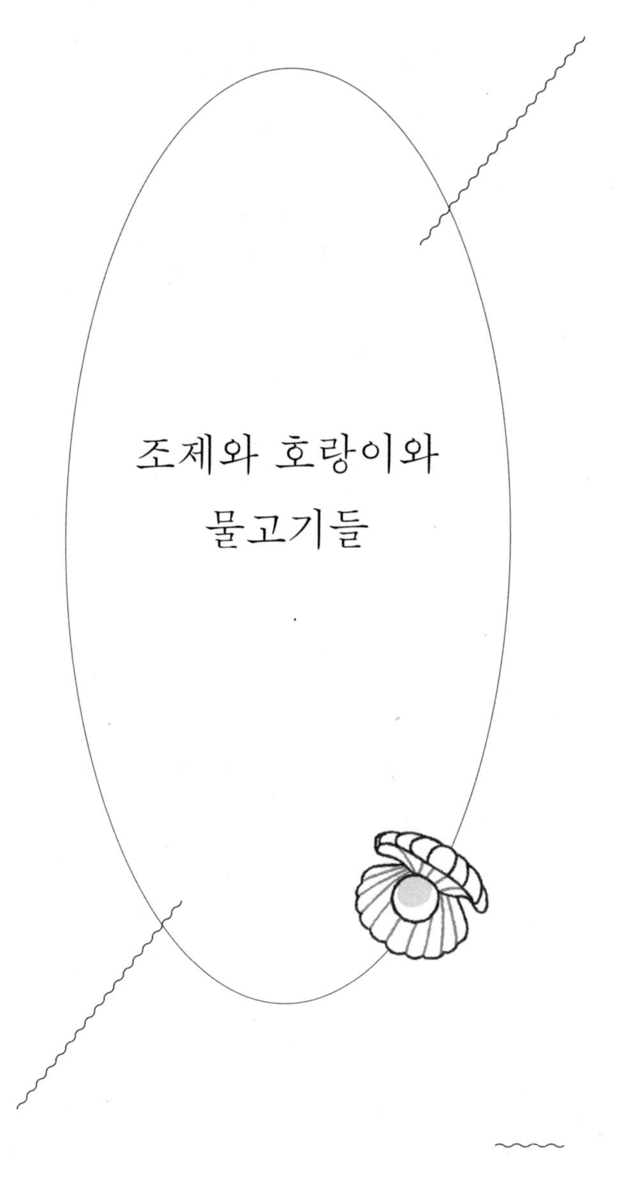

"우아! 다리다."

"우아! 바다다."

조제는 너무 좋아서 숨을 헐떡이며 외친다. 조제는 금방 호흡이 가빠진다. 너무 웃거나 센 맞바람을 받으면 호흡 곤란에 빠지기 십상이다. 호흡할 공기를 빼앗겨버리는 것 같다. 아마도 하반신 마비와 관계 있는 것 같지만, 정확한 원인은 모른다. 어릴 적 '뇌성마비' 진단을 받았지만, 뇌성마비 특유의 증상이 보이지 않는다고 그것을 부정하는 의사도 있어서, 결국 원인도 모른 채 조제는 '뇌성마비' 환자가 되고 말았다. 벌써 스물다섯 살이나 되었다.

조제는 맞바람을 맞아 숨이 막히는 통에, 자신은 큰 소리를 냈다고 생각하지만, 소리가 바람에 묻혀 잘 들리지 않는다.

"조제, 창문 닫아! 또 숨이 막히잖아."

츠네오가 그렇게 말하자, 조제는 서둘러 버튼을 눌러 창문을 올린다. 이전에 빌린 차는 창문을 닫으려면 핸들을 돌려야 했다. 불편한 자세가 조제의 몸에는 부담을 줄 수도 있어서, 이번에는 버튼 하나로 창문을 열고 닫을 수 있는 차로 빌렸다. 조제는 버튼만 누르면 창문이 열렸다 닫혔다 하는 게 재미있다면서, 꼭 두세 번은 반복한다.

"그걸로 장난치면 안 돼, 바보!"

츠네오가 들썽거리는 목소리로 말했다.

"아, 이런 경험은 처음이야……."

조제가 만족스럽게 말하자, 츠네오는,

"더 편리한 차도 있대."

"아니, 이 여행을 두고 하는 말이야. 이렇게 멋진 경치, 정말 처음이야."

"나도 여기는 처음이야."

"자기가 처음인 거하고, 내가 처음인 거하고는 질이 달라. 내가 처음이라는 건 내용이 더 알차다구. 나, 바다, 이걸로 두 번째야."

"까불지 마. 신혼여행은 처음이잖아, 둘 다."

"흐응."

"조제, 누구랑 여행해본 적 있어?"

"상상에 맡길게. 난 인기가 있으니까. 자기 같은 관리인하고는 달라."

"쳇."

조제가 츠네오를 '관리인'이라 부르는 건 특별히 기분이 좋을 때뿐이다. 언젠가 외출하기 전에 츠네오가,

"잠깐 기다려" 하고 화장실에 간 적이 있었다. 조제는 기다리기가 지겨운지 문 바깥에서,

"하지 마. 오줌 누지 마! 건방져! 빨리 나와."

츠네오는 볼일을 보면서,

"무슨 말버릇이 그래. 남편에게 지금 뭐라는 거야."

"남편하고 달라!"

"그럼 뭔데?"

"관리인이잖아, 자기!"

조제는 그냥 입에서 나오는 대로 관리인이라고 불렀다가 그게 마음에 들었는지, 그 후로는 츠네오를 관리인이라 부르기 시작했다. 츠네오도 때에 따라서는,

"관리인의 견해로는" 하는 식으로 말하기도 한다. 츠네오는 무슨 일에든 금방 익숙해지는 순응적인 남자로, 아내의 이름도 어느새 그녀가 원하는 대로 조제라고 불러주었다.

언젠가, 갑자기 조제가,

"나 말이야, 지금부터 내 이름, 조제로 할래."

"왜 네가 조제야?"

츠네오는 영문을 모르겠다는 표정을 지었다.

"이유는 없어. 그냥 조제가 내게 꼭 어울리니까. 구미코라는 내 이름, 이제부터 안 쓸래."

"그렇게 아무렇게나 이름을 바꾸면 안 돼. 시청에서 허락해주지 않을걸."

"시청 따위가 아무렴 어때. 내가 그냥 나를 그렇게 생각하면 되는 거야. 자기, 앞으로 조제라고 안 부르면, 대답하지 않을 거야."

츠네오는 슬그머니 그 이름을 지은 연유를 물어보았다. 소설을 좋아하는 조제는 시청에서 운영하는 순회부인문고에서 소설책을 자주 빌려 읽는데(장애인은 무료), 프랑수아즈 사강의 책을 읽게 되었다고 한다. 처음에는 추리소설인 줄 알고 빌렸는데, 읽어보니 너무 재미있어서 몇 권이나 빌려 보게 되었다.

그 프랑수아즈라는 여류작가는 소설 속 여주인공의 이름을 조제라고 하는 경우가 많았다. 조제는 이 작가의 소설에 마음을 빼앗기고 말았다. 야마무라 구미코라는 이름보다, 야마무라 조제가 훨씬 더 멋있어 보였다. 뭔가 좋은 일이 일어날 것 같아서, 아니, 분명히 좋은 일이 있었는데, 조제라는 이름이 그런 행운을 가져다 준 거라고 생각했다. 좋은 일이란, 그녀 앞에 츠네오가 나타난 것을 두고 하는 말이다.

츠네오는, 조제라니 참 이상한 이름이야, 라고 말했지만, (소설도 별로 읽지 않고, 그 이름을 혀를 굴려 발음해봐도 별다른 감흥이 일어나지 않는다) 어느새 그 이름에 감화되어 "어이, 조제" 하고 부르게 되었다.

조제는 텔레비전에서 본 가수의 몸짓이나 표정에 영향을 받는 버릇이 있다. 그러나 이름까지 다른 데서 영향을 받기는 처음이다. 조제는 '나'라고 할 때, 아이처럼 콧소리를 낸다. 아버지가 재혼한 여자가 데리고 온 애가 세 살 적에 그런 식으로 발음을 했다. 조제는 그 코맹맹이 같은 발음 때문에 아버지와 여자가 그 아이를 귀여워하는 거라고 생각했다. 열네 살이던 조제도 그때부터 '나'라고 말할 때 콧소리를 섞어 말하기 시작했다. 그러나 휠체어를 타는 몸으로 생리가 시작되어 몸을 제대로 주체하기 힘들어진 조제를, 여자는 귀찮다고 시설에 넣고 말았다. 처음에는 아버지가 찾아오기도 했지만, 시간이 흐르면서 얼굴도 내보이지 않게 되었다. 결국 조제에게 남은 것은, 콧소리가 섞인 이상한 '나'라는 발음뿐이었다.

어머니는 조제가 아기 적에 집을 나가버렸기 때문에 얼굴도 기억하지 못한다. 조제는 열일곱 살 때 친할머니에게 보내져 교외에 있는 집에서 할머니와 둘이 살았다. 할머니는 조제를 귀여워해주었지만, 휠체어 탄 모습을 다른 사람에게 보이는 걸 싫어해서 밤에만 외출을 허락했다.

뒷문을 열고 바깥으로 나가긴 하지만, 힘이 달리는 할머니는 휠체어를 잘 밀 수 없었다.

그래도 조제는 봄이나 여름날 밤에는 바깥으로 나가고 싶어 견딜 수 없었다.

어느 날 밤, 할머니와 같이 나갔다가 아직 문이 열린 담뱃가게 앞을 지나가게 되었다.

"잠깐 기다려" 하고 할머니는 휠체어를 멈추고 그 가게에 뭔가를 사러 갔다. 거리는 얼마 되지 않았지만, 조금 경사가진 위치였다. 한쪽 편으로 길게 담이 둘러쳐진 집 옆이었는데, 나무들 때문에 어두웠다.

문득, 조제는 인기척을 느꼈고, 다음 순간, 휠체어는 빠르게 굴러갔다. 나중에 안 일이지만, 그 '인기척'은 악의에 찬 인간에 대한 느낌이었다. 나중에 츠네오는, 술 취한 사람이 친 장난일 거라고 말했지만, 조제는 그렇게 생각하지 않았다. 집이나 시설에서나, 조제는 악의에 찬 인간에 대해 민감할 수밖에 없었기 때문이다. 지나가던 사람이 갑자기 조제가 탄 휠체어를 힘껏 비탈길 쪽으로 밀어버리고는 도망쳤다. 휠체어는 거침없이 미끄러져 내려갔다. 할머니가 비명을 지르며 휠체어 뒤를 쫓았고, 조제는 너무 놀라서 거의 정신을 잃었다. 다만, 누군지 모를 남자가 흉포한 충동에 사로잡혀 휠체어를 밀었고, 자신에 대한 살의를 느낀 조제는 그저 비명을 질렀던 것을 기억할 따름이다. 비탈길 아래서 올라오던 사람 그림자 하나가 할머니의 비명을 듣고 깜짝 놀라 쏜살처럼 아래로 미끄러져 내려오는 휠체어를 발견하고 붙들었다. 마침 그 부근에서 경사가 완만해졌다. 그 사람은 휠체어를 온몸으로 받으면서 충격으로 넘어졌고, 덕분에 휠체어는 넘어지지 않고 멈춰 섰다.

"괜찮아요?"

남자가 벌떡 일어서며 물었다. 조제는 입을 멍하니 벌린 채 아무 말도 하지 못했다. 조제는 흥분하면 호흡이 가빠져서 숨을 고르기에도 정신이 없어진다. 죽은 사람처럼 새파랗게 질려 축 늘어져 있는 걸 본 남자는 당황하여 뭐라고 큰 소리로 말을 걸었는데, 조제에게는 시끄러운 잡음처럼 들렸을 뿐이다. 할머니가 달려오고, 할머니의 목소리를 듣고서야 조제는 겨우 숨을 고르고 제정신을 차렸다.

"정말 나쁜 놈이네."

남자는 격분하다가, 이 부근에 있으면 또 위험할지 모르니 집까지 바래다주겠다고 하면서 휠체어를 밀기 시작했다. 그 사람이 바로 츠네오다. 근처 연립주택의 단칸방에서 자취생활을 하는 대학생이었다.

그 후로 그는 가끔씩 시간이 날 때 찾아와서 휠체어를 밀어주었다. 조제는 육체가 제대로 발육하지 않은 탓에 몸집이 작은데, 츠네오는 그녀를 어린 소녀인 줄 알았다고 한다.

"구미짱은 어떤 건 아주 잘 알면서, 또 어떤 건 하나도 몰라. 그게 참 이상해."

아이를 다루듯이 그런 말을 하다가, 츠네오는 조제가 자신보다 두 살이나 위란 사실을 알고 깜짝 놀랐다. 어떤 건 하나도 모른다는 말은 맞다. 조제는 집과 시설 사이를 왕복하는 것 말고는 세상을 모른다. 장애인 운동 단체나 집회에도 나가지 않아 사람들과의 교류도 별로 없다. 시설에 찾아오는 자원봉사 청년이나 아가씨나 중년 부인들에 대해서도 조제는 낯을 가렸고, 또한 그녀 자신이 있는지 없는지 모를 정도로 존재감이 엷어서 사람들의 기억 속에 거의 머물지 못한다.

아주 잘 아는 분야는, 활자나 텔레비전을 통해 얻은 지식이다.

"난 말이야, 비단잉어가 몇 십 마리나 노니는 연못이 있고, 잔디밭에 그네가 있는 정원에서 놀았어. 옛날에 우리 집은 엄청 컸어."

조제는 츠네오에게 그런 자랑을 하지만, 대개 책이나 텔레비전에서 본 세계였다. 몸 때문에 학교에 다닌 적은 없지만 아버지에게서 기초적인 글과 한자를 배우고, 나중에 책을 통해 어려운 한자를, 영어 동화책으로 간단한 영어를 익혔다.

아버지에게 장기를 배운 조제는 아버지와 자주 장기를 뒀다. 아버지가 회사에 가 있을 동안, 라디오로 야구 중계를 듣곤 하다가, 진짜 야구 시합을 보고 싶다고 떼를 써서 아버지 등에 업혀 야구장을 찾기도 했다. 갑자원 구장에서 나중에 유명한 프로 선수가 된 무라야마 투수를 보았다. 좋아하는 요시다 유격수를 본 것도 그때였다. 조제는 나중에 텔레비전으로 본 시합이나 라디오에서 들은 시합들을, 아버지와 한 번 보았던 경기와 마구 뒤섞어서 기억의 선반에 진열시켜두었다.

"후반에 비가 내렸어. 그래서 아버지가 나를 업은 채, 재킷을 벗어서 나를 덮어주었어."

조제는 츠네오에게 그런 추억을 이야기하는데, 실제로는 시설의 로비에서 텔레비전으로 시합을 보았고, 화면에 비친 관중들이 소나기가 오자 머리 위에 신문지를 올려놓거나, 상의를 벗어서 뒤집어쓰기도 하는 광경을 보았을 따름이다. 그 인상이 너무 강렬해서, 몇 년이 지난 후, 기억 속에서 아버지와 보았던 시합과 마구 섞어버린 것이다.

"우리 아빠는 말이야, 정말 자상해. 내가 하는 말은 뭐든 다 들어줬으니까" 하고 조제는 거만을 떨지만,

"그렇게 좋은 아버지가 왜 구미짱을 시설에 넣었어?" 하

고 농담으로 츠네오가 물으면,

"시끄러. 이 멍청이! 빨리 죽어버려! 내가 그걸 어떻게 알아!"

조제는 그런 말을 들으면, 호흡 곤란이 일어날 정도로 화를 내기 때문에 츠네오는 입을 다물어버린다. 그런 과정을 거치면서 츠네오는 뭔가를 깨달았다. 조제가 하는 말은 거짓이 아니라 하나의 바람이며 꿈이라는 것을. 그것은 현실과는 다른 차원으로 엄연히 조제의 가슴속에 존재하는 것임을. 할머니와 조제는 생활보호 대상자로 살아가지만, 가난한 대학생인 츠네오에게 맛있는 저녁을 대접해주기도 한다. 아르바이트 자리를 구하지 못하면 츠네오는 늘 인스턴트 라면으로 끼니를 때웠는데, 그런 츠네오에게 할머니가 손수 지어주는 저녁은 너무 맛있었다. 곤약과 시금치 무침에다 된장국, 아니면 오징어 다리에 무 조림 같은 노인 반찬뿐이지만, 츠네오에게는 얼마나 고맙고 맛있는 식사였는지 모른다. 츠네오의 발길이 외롭게 살아가는 조제네 집으로 향하는 날이 많아졌다.

"이게 무슨 뜻이야?"

조제는 책을 읽다가 모르는 게 나오면 츠네오에게 묻는

다. 걸을 수는 없지만, 상반신은 보통 사람처럼 움직일 수 있어서 조제는 누워서 지내야 하는 중증 장애인처럼 낭독 자원봉사자가 만들어주는 테이프로 듣기보다는 직접 읽는 것을 좋아한다. 테이프를 듣는 쪽이 피로하지도 않고 편하긴 하지만…….

처음에 츠네오는 조제의 고압적인 태도에 얼마나 당혹스러웠는지 모른다. 츠네오는 복지와는 아무런 관련 없는 전공이라서 장애인을 위한 활동에는 참여해본 적이 없지만, 양호 자원봉사를 하는 친구로부터 가끔씩 이야기를 듣곤 했다. 장애인 가운데는 차별에 대한 투쟁의식이 유독 강한 이들이 있는데, 그들 대부분이, 살면서 저도 모르게 모난 성격을 갖게 되는 경우가 많다고 했다. 츠네오가 보기에 조제는 그런 유형에 속하는 것 같지도 않았다. 조제는 여럿이서 함께 하는 일을 싫어해서 모여서 데모를 하거나 집회를 열어 행정기관에 쳐들어가는 집단에서는 멀리 떨어진 채, 조용히, 아무도 모르게 살아가는 사람이었다.

할머니가 조제를 바깥에 내보내려 하지 않은 탓도 있었던 것 같다. 수금원이나 시청 직원과도 만나게 하지 않았다.

츠네오가 바깥바람을 몰고 오는 유일한 구멍이었다. 츠네오는 멀리 떨어진 대중목욕탕으로 조제를 데리고 가서(그곳만이 열한 시경에 조제가 들어가는 것을 허락해준다) 마룻바닥을 기어오는 조제를 안아 휠체어에 태운다. 기왕 온 참에, 하고 츠네오가 남탕에서 목욕을 하면, 조제는 기다리고 있다가,

"뭘 하고 있어. 추운데 사람을 기다리게 하고 있어. 몸이 다 식어버렸잖아!" 하고 고압적으로 츠네오를 나무란다.

"내가 왜 이런 야단을 맞으면서 이 짓을 해야 해."

츠네오는 그렇게 투덜거리면서 휠체어를 밀고 돌아온다. 그러면서 츠네오는 생각해본다. 조제의 이런 거만한 태도가, 투정의 역설적 표현이 아닌가 하고. 그러나 그런 지적을 했다가는 마구 화를 내면서 눈을 까뒤집든지, 호흡 곤란을 일으킬 게 뻔할 테고, 또 츠네오는 그런 심리적인 미묘한 뉘앙스를 세밀하게 분석하여 상대의 기분을 상하지 않게 표현할 만한 능력도 없기에, 그냥 입을 꾹 다물어버리고 만다.

늘 고압적인 태도와 날카로운 말투에 어울리지 않게 조제의 아름다운 얼굴은 언제나 츠네오에게 불가사의한 것이었다. 대학 캠퍼스에서 보는 여자애들은 모두 건강한 암호랑이처럼 위풍당당하고 섹시해 보이지만, 성적인 냄새라고는

전혀 없는 조제에게서는 마치 오래된 집의 창고에서 훔친 헌 인형을 휠체어에 싣고 옮기는 듯한 느낌을 받았다. 그런 그녀에게는 고압적인 말투가 잘 어울린다.

그즈음, 조제네 집 부근은 모두 구식 변소였는데, 시의 지원금으로 하수도 정비를 하면서 구식 변소를 수세식 화장실로 개조할 수 있게 되었다. 게다가 조제가 편리하게 사용할 수 있도록 변기 주변에 보조대와 손잡이도 달게 되었다. 그 설계에 대해 일일이 자신의 의견을 내는 조제의 주문을 업자에게 전하는 것은 츠네오의 임무였다.

보조대가 너무 높다, 손잡이가 너무 낮다, 그런 불만을 조제는 거침없이 말하고, 그러면 츠네오는 공사 인부에게,

"미안하지만, 여긴 말이죠, 좀 바꿔주셔야겠는데요" 하고 부탁한다.

할머니가 여든이 넘으면서 부엌에 설 수 없게 되자, 조제가 직접 음식을 만들어야 했는데, 휠체어에 앉은 조제에게 싱크대는 너무 높았다. 물건 만들기를 좋아하는 츠네오는 직접 싱크대 높이를 조절하고, 선반을 달아주는 등 낡은 집 여기저기를 고쳐 휠체어를 타고도 불편없이 지낼 수 있도록 손봐주었다. 조제의 주문이 너무 까다로워서,

"그런 어려운 건 못해" 하고 불평을 늘어놓기도 하지만, 목수를 부를 돈이 없으니 아마추어 솜씨로라도 어떻게든 만들어내야 했다. 조제는 시간만 들이면 혼자서 음식을 만들 수 있다. 오랜 시간에 걸쳐 채소를 다듬고, 가볍게 데친다. 빨래도 할 수 있고, 그것을 츠네오가 튼튼하게 만들어놓은 빨랫줄에 널 수도 있다. 지팡이만 있으면 일어설 수도 있어서, 비록 바깥출입은 어렵지만, 집 안에서는 이리저리 움직이며 볼일을 볼 수 있다. 지팡이도 츠네오가 만들어준 것이다. 아래쪽을 설피처럼 만들었기 때문에 절대로 넘어지지 않는다. 또 하나, 조제가 '롤러스케이트'라고 부르는 것이 있다. 츠네오가 쓰레기장에서 주워 온 진공청소기 본체를 반으로 잘라 거기에 막대기를 단 것이다. 막대기에 몸을 의지하면 바닥에 달린 작은 바퀴로 자유롭게 움직일 수 있는데, 자칫 힘을 많이 주었다가는 마루 끝에서 굴러 떨어질 수도 있다.

츠네오는 조제에게만 묶여 있진 않았다. 대학생활도 즐기고, 여행도 다니고, 고향인 히로시마의 시골에도 내려가고, 스키를 타기도 했다. 졸업이 다가왔는데도 취직이 되지 않아 초조하게 지낼 얼마 동안은 조제의 집에 얼굴을 내밀지 않았다. 그러다 겨우 자그만 위성도시의 시청에 취직이 결정되어 오랜만에 조제의 집을 찾았는데 못 보던 사람이 나와서는,

"할머니는 돌아가셨고, 다리가 불편한 손녀는 요 앞에 있는 연립주택에서 생활보호를 받으며 살고 있어"라고 말해주었다.

츠네오는 서둘러 주변의 연립주택을 찾아다니다가 골목길 구석에 비닐을 덮어쓴 채 놓여 있는 휠체어를 발견했다. 노크를 하자, 예전에 츠네오가 만들어준 지팡이와, 롤러스케이트 미는 데 쓰던 막대기를 양쪽 겨드랑이에 낀 조제가 나왔다. 이전보다 여위어서 턱이 뾰족해졌고, 단발머리에 커다란 눈이 얼굴의 반을 차지하고 있었다. 윤기를 잃은 피부만 보아도 영양실조라는 것을 알 수 있었다. 자신에게 조제 일가를 돌봐주어야 할 의무가 있는 건 아니었지만, 츠네오는 왠지 미안한 마음이 앞섰다.

"미안해. 나, 바빴거든. 취직도 해야 했고, 그래서 못 온 거야. 할머니, 돌아가셨다면서?"

"응."

조제는 츠네오가 생각한 만큼 슬퍼하는 것 같지 같았고,

츠네오를 원망하는 기색도 보이지 않았다.

츠네오는 입이 날카로운 조제니까 비정한 사람이라고 욕을 흠씬 얻어먹을 각오를 하고 있었고, 또 할머니의 죽음에 대해서도 온갖 투정을 다 부릴 거라 생각했지만, 의외로 조제는 담담하게 대답했다.

"시청 사람들이 장례식을 치러주었어. 그보다는 이 방 얻느라 얼마나 고생했는지 몰라. 방세가 싸면서 계단이 없는 집은 그리 흔하지 않으니까."

"혼자 살아?"

"한 달에 한 번, 자원봉사 하는 여자가 와서 쇼핑을 해줘."

"이웃 사람들은 친절해?"

"상관없어. 혹시나 무슨 피해를 당할까 봐서 내게 말도 안 걸어. 이 층에 이상한 아저씨가 사는데, 유방 만지게 해주면 뭐든 다 해주겠다고 느글느글하게 웃어. 나, 절대로 안 당하려고, 밤에는 꼼짝도 하지 않고 문을 잠가버려. 낮에는 괜찮아. 그 아저씨, 낮에는 경정이나 경륜을 하러 가거든."

츠네오는 오랜만에 조제의 코맹맹이 소리 나는 '나'를 들었다. 조제의 담담한 말투에서, 할머니를 잃은 후의 막막한 심정이 절절이 다가왔다. 조제가 너무 가여워서, 츠네오는 방 구경을 하는 척하며 아리는 가슴을 추슬렀다. 할머니가 가지고 있던 옷장과 경대, 선반 등은 새로 방을 구하면서 팔았다고 한다.

"지금은 모두 종이 상자로 바꿨어. 나 혼자서 움직여야 하니까. 시장에서 깨끗한 종이 상자를 보면 얻어 와."

치과에서 가져왔다는 여성 패션 잡지에서 멋진 일러스트 페이지를 오려내 붙인 상자 몇 개를 겹쳐 놓고, 한쪽을 서랍처럼 열 수 있게 해두었다. 물건도 별로 없는데 두 평짜리 방이 왜 이렇게 어지러울까 했는데, 알고 보니 종이 상자가 형형색색으로 장식되어 있기 때문이었다.

"밥을 제대로 챙겨 먹어야지. 얼굴이 그게 뭐야. 시들어버렸잖아."

"당신, 날 동정하는 거야? 밥 정도는 알아서 챙겨 먹어. 걱정하지 마!"

조제는 불쾌하다는 듯이 고개를 돌리고 말한다. 츠네오는 그냥 지나가는 말로 했는데, 자존심 센 조제의 신경을 거스른 것 같았다. 한참 후에야 알게 된 사실이지만, 조제는 분을 바른 듯한 매끈하고 하얀 피부와 아기자기하고 자그맣게 정돈된 인형 같은 자신의 얼굴에 자부심을 가지고 있었고, 스스로를 미인이라 생각했다. 그런 사람에게 시들었다고 했으니 화를 내는 것도 당연하다.

츠네오는 조제의 면박에 머쓱해져서,

"또 올게" 하고 자리에서 일어나려는데,

"안 와도 돼. 다시는 오지 마!" 하고 조제가 격한 어조로 외쳤다.

"……그럼, ……잘 있어."

츠네오는 어쩔 수 없이 자리에서 일어섰다.

문 앞에서 운동화를 신는데,

"왜 가는 거야! 나를 이렇게 화나게 만들어놓고!"

조제가 숨이 넘어갈 듯한 표정으로 악을 썼다.

"나더러 어떡하란 말이야."

"몰라!"

"……갈게, 나."

그 말이 떨어지기가 무섭게, 등 뒤로 지팡이가 날아왔다. 뒤돌아보니 조제의 커다란 눈에 눈물이 가득 고여 있었다.

"구미짱" 하고 츠네오가 놀라서 이름을 부르자, 조제는 두 눈에 그렁그렁한 눈물을 매달고,

"빨리 가. 빨리 가버려……. 다시는 오지 맛!" 하고 소리

쳤다.

너무 흥분해서 가쁜 숨을 몰아쉬는 조제를 보자, 츠네오는 차마 문밖으로 나갈 수가 없었다. 괜찮은가, 하고 조심스럽게 다가갔더니,

"가지 마!" 하며 가슴에 안겼다.

"가지 마. 삼십 분만 있어줘. 텔레비전도 팔아버렸고, 라디오도 망가졌고, 나 너무 외로워……."

"어, 그럼 내가 텔레비전이나 라디오 대신이란 말이야?"

"그래. 이 라디오는 대답을 해줘서 좋아."

조제는 울면서 웃었다. 츠네오는 그런 조제가 갑자기 너무도 사랑스러워 보였다. 믿기 힘들 정도로 작고 아름다운 입술을 눈앞에 두고 갑작스런 충동에 사로잡혀 입을 맞췄다. 한참이 지나서야 꽉 다문 그녀의 입술이 살짝 열렸다. 츠네오는 갈 곳 모르고 허둥대는 조제의 뜨겁고 작은 혀를 포획했다.

창밖으로 오토바이 지나가는 소리만 들려올 뿐이었다.

"츠네오 씨. 좋을 대로 해. 나, 뭘 해도 좋아."

입술을 떼자, 조제는 숨을 헐떡이며 그렇게 말했다.

"뭘?"

"뭐긴 뭐겠어. 당신이 하고 싶은 거."

"그럴 생각 없어. 나, 이 층에 사는 놈팡이하고는 달라."

"내가 싫어?"

"……아니."

"그럼 해. 당신, 남자잖아."

"……그럴 생각으로 온 건 아닌데."

"시끄러. 나도 그럴 생각은 아니었지만, 지금 그러고 싶어졌어. 나도 당신 좋아해. 당신이 아니면, 이런 말 아무한테도 안 해. 앞으로 어떻게 될지는 모르겠지만, 이런 기분 처음이야."

"정말 괜찮아?"

"문 잠갔어?"

"안 잠갔어."

츠네오는 서둘러 문을 잠그러 가면서,

'……빼도 박도 못하게 됐어.'

그렇게 생각했다. 남녀의 만남이란 모두 그런 게 아닌가. 츠네오는 학교에서 만난 여학생과 몇 차례 경험을 가져보았지만, 이렇게 만지기만 해도 부서질 것 같은 몸은 처음이었다. 그날, 처음으로 조제의 가느다란 다리를 보고는, 이건 인형의 발이라고 생각했다. 그러나 그 인형은 나름대로 정교하게 만들어져 있어서, 겉보기와는 달리 여자로서의 기능이 꽤 건실하고 매끄럽게 작동하고 있었다. 조제도 텔레비전이나 책에서 보아서 어느 정도 지식은 있는 듯했지만, 어떤 부분에서는 아예 알기를 포기한 것 같았다. 사랑을 나누는 동안 조제는 멍한 표정을 지었다. 모든 게 끝난 후 츠네오는,

"화난 거야……" 하고 몸을 반쯤 일으킨 채 조제를 옆으로 끌어안으며 속삭이듯 물었다.

"아니, 화 안 났어. 상상한 거랑 너무 달라서 그래."

"나쁜 쪽, 아니면 좋은 쪽?"

"좋은 쪽."

"……다행이네."

츠네오는 다른 여자들과 나눈 섹스를 떠올렸다. 섹스를 끝내고 나면 얼굴조차 보기 싫은 여자가 많았지만, 조제의(그즈음에는 아직 구미짱이라 불렸다) 작은 얼굴은 언제까지고 가슴에 얹어두고 싶을 정도로 사랑스러웠다.

"나, 좋아. 당신도, 오늘 한 것도 다 좋아."

그렇게 말하는 조제가 너무 귀여웠다.

"오늘밤도 여기 있어."

"응."

"내일도, 앞으로 계속. 낮에도 밤에도."

"나, 취직했어. 일해야지. 이 층 아저씨도 낮에는 경정이나 경마를 하잖아. 남자는 일을 해야 하는 거야."

"내 말 안 듣기만 해봐. 큰 소리로 떠들 거야. 꼼짝도 못 하는 사람을 강제로 범했다고, 신문사에도 전화 걸 거야. 시청 복지과에도 전화할 거고."

"바보."

둘은 그대로 꼭 끌어안고 있었다. 커튼도 걸려 있지 않은 창문 밖으로 하늘은 잿빛에서 붉은빛으로 서서히 물들어가고 있다. 츠네오는 머리맡으로 손을 뻗치다가 종이 상자를 건드렸다.

"이건 뭐야?"

뚜껑을 열어보니 하얀 천으로 싼 물건이 있었다.

"할머니 뼈."

조제가 묘한 음성으로 말했다. 아버지가 가지러 온다고 했는데 아직 오지 않았다고 했다. 그 종이 상자에도 외국 도시 사진이 붙어 있다.

그날 저녁, 츠네오는 그냥 조제의 집에 머물렀다. 다음 날은 이른 봄의 쾌청한 날씨였다. 츠네오는 몇 달 만에 조제에게 바깥 구경을 시켜주고 싶었다.

친구들에게 하나하나 전화를 걸어 자동차를 빌려서는 조제와 휠체어를 실었다.

조제는 말 한마디 하지 않고 부루퉁한 표정이다.

"왜 그래. 싫으면 안 나가도 돼. 그냥 집에 있어도 괜찮아."

"아냐. 너무 좋아서 기분이 좀 나빠졌어."

츠네오는 웃으면서 조제에게 키스했다. 그런 조제의 모습을 보니, 외출하는 것보다 한 번 더 안고 싶은 욕구가 미칠 듯이 끓어올랐다. 가느다란 인형 같은 다리가 왜 그토록 에로틱한지. 두 다리 사이에서 가늘게 떨고 있는 바닥 모를 깊은 함정, 악어의 입 같은 올가미. 츠네오는 거기에 사로잡혀 눈이 뒤집힐 것 같은 기분이 되었다.

조제는 동물원에 가고 싶어했다. 시설에 있을 때 자원봉사자의 도움으로 버스를 타고 간 적이 있지만, 시간 제한 때문에 새와 원숭이, 코끼리밖에 보지 못했다고 했다. 동물원은 장애인들이 빠른 시간에 다 둘러보기에는 너무 넓었다.

조제는 호랑이를 보고 싶다고 했다.

츠네오는 맹수 우리 쪽으로 휠체어를 밀고 갔다. 오랜만에 봄날다운 날씨라서 그런지 평일인데도 많은 사람들이 와 있었다. 조제는 호랑이를 보고, 상상했던 그대로라며 좋아했다. 맹수 특유의 몸짓으로 우리 속을 열심히 오가는 호랑이를 뚫어져라 바라보았다. 억제된 흉포한 힘을 느끼게 하는 호랑이의 광기 어린 노란 눈이 이쪽을 향하자, 조제는 무서운지 몸을 부르르 떨었다. 그런데도 무서운 것을 보려고 하는 호기심은 누구보다 강한 듯하다.

호랑이는 어슬렁거리며 우리 안을 오가다가 갑자기 조제 앞에 우뚝 멈춰 섰다. 조제는 너무 무서워서 숨이 막힐 것 같은 불안에 사로잡힌다. 호랑이는 일격에 코끼리라도 쓰러뜨릴 것 같은 튼튼한 앞발로 콘크리트 바닥을 치고 몸을 비틀면서 포효한다.

노랑과 검정이 만들어낸 강렬한 얼룩무늬가 움직일 때마다 햇빛을 받아 번득인다. 조제는 호랑이의 포효에 기절할 만큼 놀라 츠네오의 옷자락을 잡는다.

“꿈에 나오면 어떡해…….”

“그렇게 무서워하면서 보긴 왜 봐.”

“세상에서 제일 무서운 걸 보고 싶었어. 좋아하는 남자가 생겼을 때. 무서워도 안길 수 있으니까. ……그런 사람이 나타나면 호랑이를 보겠다고…… 만일 그런 사람이 나타나지 않는다면, 평생 진짜 호랑이는 볼 수 없을 거라고 생각했어."

높은 곳에서 내려다보니, 바다 위의 섬이 짙은 녹색으로 봉긋하게 솟아올라 있었다. 남국답게 자르르 윤기 흐르는 진녹색의 나무들이었다. 그래서 섬은 하나의 동그란 녹조류 같아 보인다.

조제는 그 섬에 해저 수족관이 있다는 것을 안 뒤로, 오래 전부터 츠네오에게 데리고 가달라고 졸랐다. 규슈 끝자락에 위치한 다도해라서 하루 일정으로는 다녀올 수 없다. 그래서 츠네오는 휴가를 냈다. 조제는 동물원이나 수족관을 좋아한다.

섬과 본토의 곶이 기다란 다리로 연결돼 있다. 다리는 실뜨기의 실 같아 보이고, 그 끝의 섬은, 조제의 표현을 빌리자면, '빨간 실에 매달린 요요' 같았다. 산 중턱을 깁듯이 구불구불 이어진 차도를 따라가다 보면, 섬과 빨간 다리는 숨바꼭질하듯 사라졌다 나타났다 하는데, 그럴 때마다 점점 눈앞에서 커진다. 마침내 다리가 눈앞에 우뚝 일어서면, 다 건넌 것이다.

다리는 눈이 아득할 정도로 높고, 위엄 있었다. 해수면이 한참 아래로 보이는 걸로 봐서 교각도 무지 길 것 같았다. 그런 다리를 겨우 건넜다 했더니 이번에는 주차장이 펼쳐진다. 즐비하게 늘어선 관광버스들 사이로 주차장을 빠져 나와 표시판을 보고 해안도로로 접어들었다. 섬의 사 분의 일을 돌아 해안가에 있는 리조트호텔에 차를 세웠다.

"전화로 확인했어. 계단을 오르지 않아도 되는 방이 있냐고. 휠체어를 타고 있다고."

츠네오는 트렁크에서 접이식 휠체어를 꺼내면서 그렇게 말했다. 손님을 맞이하는 검은 제복 차림의 젊은 남자는 이쪽이 도리어 미안할 정도로 조제의 다리 쪽으로는 시선을 주지 않으려고 애를 쓰는 기색이었다. 조제는 옅은 핑크색 롱스커트를 입고 있다. 상의는 소매가 짧은 핑크색이다. 턱을 꼿꼿하게 치켜들고 벨보이에게는 눈길 한번 주지 않는다. 그러니 처음 보는 사람에게 미소로 대하는 건 아예 기대도 할 수 없는 일이다. 벨보이는 상자 안에 든 인형 같은 조제에게 흘끗흘끗 눈길을 던지며,

"이 층 방을 준비해두었습니다. 엘리베이터가 있어서요. 일 층은 식당과 연회장입니다."

그러나 엘리베이터가 너무 좁아 휠체어가 들어가지 않았다. 결국, 츠네오는 조제를 업고 엘리베이터를 탔다. 휠체어는 접어서 벨보이가 들었다. 단체로 온 듯한 중년여자들이 서슴없이 조제를 쳐다보았다. 조제는 마음이 불편한지 표정이 부루퉁해졌다.

방 안에는 신혼여행을 축하하는 꽃이 장식되어 있었다. 하지만 조제는 벨보이가 나가자마자,

"관리인이 나빠! 관리인이 미리 조사해두었더라면, 엘리베이터에 휠체어가 들어가는지 안 들어가는지 알 수 있었을 거잖아! 그 할망구들이 나를 구경했단 말이야!"

"조제, 그만하고, 저길 봐. 바다야."

츠네오는 커튼을 걷으면서 감탄사를 내뱉는다. 창문 가득 바다가 들어 있다. 조제는 조금 기분이 누그러진 것 같다. 테이블과 의자를 잡고 창으로 다가가, 묵묵히 바다를 바라본다.

"이 아래 수족관이 있겠지."

"그럼."

"빨리 가보자."

"좀 기다려. 오래 운전을 해서 피곤해. 잠깐만 쉬었다 가."

"가기 싫음 관둬! 필요없어! 아까 그 보이한테 부탁할래."

츠네오는 한숨을 내쉬고는, 조제를 데리고 나갔다. 어차피 벨보이의 도움이 필요하다. 수족관은 지상에서 약 8미터 아래 있어서 긴 콘크리트 계단을 따라 내려가야 한다. 벨보이가 휠체어를 들고 뒤따라왔다.

갑자기 주위에 밝은 불빛이 들어왔다. 휠체어에 조제를 태워주고 벨보이가 돌아가자, 해저에는 츠네오와 조제, 둘만 남았다. 바닥을 제외하면 온통 유리 세계에 파란 바닷물이 들어 있다. 해조가 물결에 흔들리고, 그 물속에서 코발트색 물고기들이 줄무늬를 그리며 헤엄치고, 빨간 물고기가 그 사이를 요리조리 지나간다.

바닥의 모래에는 곰치와 게, 새우, 거북이 등이 있었다. 츠네오의 발 소리와 휠체어 구르는 소리가 메아리쳤다. 다른 손님은 한 명도 없는 것 같았다. 은색과 청색의 커다란 물고기가 눈앞을 헤엄치며 지나간다. 방어였다.

산호초에 배를 스치며 지나가는 것은 쥐방어와 감성돔, 능성어, 상어들이다.

물고기의 눈은 말간 게 사람의 얼굴과 많이 닮았다.

"야, 멀리서 보러 온 보람이 있네. 정말 멋져."

츠네오는 그냥 즐거웠지만, 조제는 너무 감격한 나머지

말도 제대로 하지 못했다. 이렇게 해저에 있으면 밤인지 낮인지도 모르고 마냥 시간이 흐를 것 같았다. 조제는 공포와는 다른 어떤 도취에 빠져, 끝도 없이 그 안을 뱅뱅 돌았다. 그냥 내버려두었다가는 죽을 때까지 그 안을 돌아다닐 것 같았다. 결국, 참다못한 츠네오에게 야단을 맞고, 수족관 매표소의 여직원에게 부탁해 벨보이를 부르고, 그의 등에 업힌 채 다시 지상으로 올라왔다. 계단을 다 오를 무렵부터 츠네오는 숨을 헐떡거렸다. 지상에는 밝은 여름 햇살과 선물가게가 있고, 바다 냄새가 가득했다. 두 사람은 파라솔 그늘 아래서 커피를 마시고 방으로 돌아갔다. 식사는 특별히 부탁해서 방으로 가져오게 했다.

깊은 밤에 조제는 눈을 뜨고, 커튼을 열어젖혔다. 달빛이 방안 가득 쏟아져 들어왔고, 마치 해저 동굴의 수족관 같았다.

조제도 츠네오도 물고기가 되었다.

죽음의 세계라고 생각했다.

'우리는 죽은 거야.'

츠네오는 그 후로도 조제와 같이 살고 있다. 두 사람은 서로 부부라고 생각하지만, 호적 신고도 하지 않았고, 결혼식도 올리지 않았고, 피로연도 하지 않았고, 츠네오의 가족 친지들에게 알리지도 않았다. 종이 상자 속에 담긴 할머니의 유골도 여전히 그대로다.

조제는 이대로가 좋다고 생각한다. 오랜 시간을 들여 간을 잘 맞춘 음식을 츠네오에게 먹이고, 천천히 세탁을 해서 츠네오에게 늘 깨끗한 옷을 입힌다. 아껴 모은 돈으로 일 년에 한 번 여행도 떠난다.

'우리는 죽은 거야. 죽은 존재가 된 거야.'

죽은 존재란, 사체다.

물고기 같은 츠네오와 조제의 모습에, 조제는 깊은 만족감을 느낀다. 츠네오가 언제 조제 곁을 떠날지 알 수 없지만, 곁에 있는 한 행복하고, 그것으로 족하다고 생각한다. 그리고 조제는 행복에 대해 생각할 때, 그것을 늘 죽음과 같은 말로 여긴다. 완전무결한 행복은 죽음 그 자체다.

'우리는 물고기야. 죽어버린 거야.'

그런 생각을 할 때, 조제는 행복하다. 조제는 츠네오의 손가락에 자신의 손가락을 깍지 끼고, 몸을 맡기고, 인형처럼 가늘고 아름답고 힘없는 두 다리를 나란히 한 채 편안히 잠들어 있다.

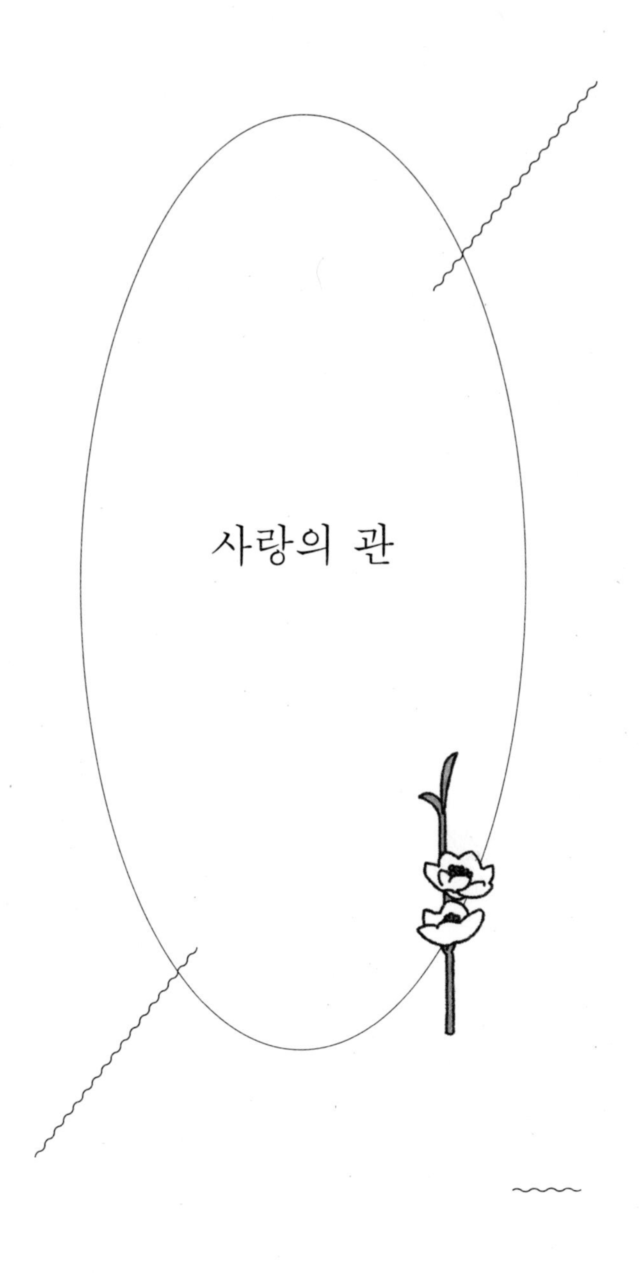

사랑의 관

유지가 오면 오는 대로 좋고, 또 안 와도 상관없다. 우네는 그렇게 마음을 정리했다. 안 되는 일을 억지로 비틀어서 자신에게 맞추고 싶지는 않았다. 뭐든 되는대로 맡겨두면 그만이다. 그렇지만, 꼭 오리라 생각하고 있다. 유지는 느끼고 있는지 모르겠지만, 지금 그는 개처럼 코를 벌름거리며 우네에게 달라붙고 있다.

'난 왜 이렇게 심술궂은 비유를 할까…….'

우네는 속으로 웃고 만다. 겉보기에 우네는 그렇게 심술궂은 사람 같지는 않다. 지금 그녀는 늦여름 날씨에 어울리게 블루그레이의 두꺼운 면 슈트에 밀짚모자를 손에 들고 있다. 중키이지만 곧은 자세 덕분에 실제보다 커 보인다. 푸석푸석한 갈색 머리칼은 물을 들여서가 아니라 원래 색깔이었다. 이런 머리칼을 한 사람은 대체로 피부가 약하다. 햇볕을 받으면 광대뼈 부근에 반점이 떠오르는데, 그것이 그녀를 가정적인 여자로 보이게 한다. 입가에는 늘 있는 듯 없는 듯 미소가 머물러 있고, 강렬한 빛을 발하는 눈을 가졌지만, 그녀는 은근한 태도로 그것을 슬쩍 감춘다.

그리고 사람들은 그녀의 숨겨진 의지와 심술을 쉽게 간파하지 못한다. 유지도 그녀를 상냥하고 어리광부려도 화를 내지 않는, 마음이 활짝 열린 아줌마, 라고 믿고 있다. 그래서 유지는 우네 주위를 어슬렁거리는데, 그것은 우네의 주위에 떠도는 성적 분위기에 저도 모르게 이끌리고 있음을 말해준다. 우네는 그런 그의 모습이, 코를 벌름거리며 좋은 냄새를 좇는 개 같다고 생각한다.

그렇다고 해서 우네가 유지를 싫어하는 건 아니다. 오히려 좋아한다. 호의와 냉철한 분석력이 우네의 내면에서 아무런 모순 없이 양립하고 있다.

우네는 열아홉 살의 그 젊은이가 너무 귀여워서 죽을 지경이다.

한편으로는 괴롭혀주고 싶은 기분도 든다. 뭔가를 기대하고 늘 우네 곁으로 다가오려는 저의가 우스꽝스럽다. 그러면서도 귀여워 죽을 지경이니 참으로 묘하다.

"유짱, 여자와 키스해본 적 있어?"

그렇게 놀리는 것이 너무 재미있다.

"있어."

유지는 자신 있게 대답한다.

"초등학생 시절부터."

"그런 고고학의 시대가 아니라, 근대에 들어서."

"그걸 알아서 뭐 하려고? 진짠지 거짓말인지 시험해볼래?"

"어른과 어린애는 하는 게 달라, 완전히."

"쳇, 사람을 뭘로 보고."

"나중에 한번 시험해보지 뭐. 기대할게."

"필요없어!"

유지는 과연 롯코산 호텔에 올 것인가.

롯코산에는 차로 가기로 했다. 가는 동안 드라이브도 즐기고 싶었고, 사오 일 묵는 동안 갈아입을 옷가지랑 여유롭게 바캉스를 즐기는 데 필요한 물건들을 챙기다 보니 짐이 많아졌기 때문이다. 우네는 일을 할 때도 늘 차를 사용하기 때문에 그녀의 작고 빨간 차에는 늘 갈아 신을 구두와 가볍게 걸칠 스웨터 따위가 들어 있다.

오래 타서 정이 든 그 차를 우네는 '나의 오르골'이라고 불렀다. 오르골 상자처럼 작지만, 그 밀실에 있는 시간이 너무 좋다.

아파트 주차장은 지하에 있다. 엘리베이터 상자 안에는 어린이와 어머니 들로 만원이었다. 사오 일 전에 여름방학이 끝났는데, 유치원도 개원 시기가 같은 모양이다. 원아들은 노란 모자를 흔들어대며 쉴 새 없이 재잘대고 있었다.

어머니들은 자기들끼리 이야기를 나누고 있었다. 우네는 어린애들에게 무관심했다(물론 그 어머니들에게도……). 같은 동 사람들과 마주쳐도 눈인사 정도는 주고받지만 말을 거는 법은 없다.

일 층에서 어머니들과 어린이들이 한꺼번에 내렸다. 이 아파트에는 어린애들이 많다. 그 어린애들을 돌보는 부모들의 눈에는 주변 사람들이 아예 보이지도 않는 것 같다. 우네는 그 어린애들의 물결에 떠밀려 일 층의 바다로 밀려나갈 뻔했다. 어머니들은 우네의 존재를 아예 무시하는 것 같았다.

'어린애를 둔다는 건 에고를 한없이 기르는 일이니까.'

우네는 그런 생각을 해본다. 그러나 절대로 다른 사람에게 그런 말은 하지 않는다.

스물아홉 살의 우네는 쓸데없는 말은 삼가는 여자가 되어 있었다. 얼굴에 드러내지 않는다. 하강하는 엘리베이터 상자 안에서, 어린애들을 귀찮은 존재로 생각하면서도, 그것을 눈곱만큼도 드러내지 않고 견뎌낸다.

직장에서는 그렇지 않다. 우네는 벌써 칠 년이나 인테리어 가게에서 일하고 있다. 섬유 대기업에서 직영하는 가게로, 우네의 역할은 인테리어 설계나 기획을 상담하는 것이다. 손님의 뜻을 받들어 어드바이스를 하고, 견본을 보여주고, 견적을 뽑는다. 아파트 인테리어 일도 많이 한다. 카펫이나 무거운 커튼 견본장을 가슴에 안아 들고서(덕분에 팔 힘이 세졌다), 또는 문손잡이나 전등, 의자, 테이블 등의 카탈로그를 챙겨 들고 고객을 찾아간다. 끝도 없이 이어지는 상담의 경험을 쌓는 동안 다양한 사람들의 각기 다른 가족 구성, 가정의 기호, 생활 스타일을 접하면서 우네는 어린애에게 참으로 기분 좋은 여자 역할을 해낼 수 있는 노하우도 길렀다.

"나, 몇 살로 보여? 이름이 뭐야? 응?" 하고 쭈그리고 앉아 어린애의 얼굴을 빤히 들여다보며 말을 건다. 정말 자연스럽고 즐거운 기분으로 아이를 대한다. 부모 앞이라고 해서 아부할 생각은 없다. 그냥 어린애에 대한 순수한 관심에서 그렇게 한다.

그렇게 전투하는 듯한 기분으로 일을 하다 보니 그 흥분의 여파가 영향을 끼쳤을지도 모른다. 우네는 마음만 먹으면 상대에게 괜찮은 첫인상을 심어줄 수 있고, 밝고 믿음직한 여자일 수 있다. 그래서 그녀를 지명하는 고객도 많다. 그런 우네이기에,

"몇 살? 내가 좋은 방 만들어줄게"라는 말과 표정이 참으로 잘 어울린다.

우네는 차 문을 열면서 막연히 생각해본다.

'그래, 나는 이중인격자인지도 몰라.'

사 년 전에 이혼한 남편 사키무라가 자신에게 던진 '이중인격'이라는 비판 섞인 말을, 우네는 지금 키득거리면서 자기 입으로 발음해본다.

'그렇지만 어느 쪽도 거짓이 아닌걸. 어쩔 수 없어.'

사키무라는 우네가 시어머니를 대할 때의 태도와 자신

을 대할 때의 태도가 완전히 다르다고 지적했다. 말을 듣고 보니 그럴지도 모른다는 생각이 들었다. 시어머니를 모시고 사는 결혼생활이었는데, 시어머니에게 좋은 인상을 심어주고 싶어 늘 웃으면서 대하려고 노력했다.

남편에게는 부루퉁한 표정도 보이고 때로 불쾌하다는 태도를 취하기도 했다. 남편에게 '이중인격'이라고 지적받자, 말의 옳고 그름을 떠나 그 말이 지닌 무게에 큰 충격을 받았다.

"나와 싸워서 부루퉁해 있다가도 어머니가 부르면 금세 웃으면서 달려가는 걸 볼 땐 정말 기분 나빴어. 이중인격이라는 생각 안 들어?"

그때, 우네는 남편의 냉랭한 태도에 몸을 떨었다. 이중인격이라는 말에는 장난기가 밴 친근감 같은 건 전혀 없었고, 야유와 악의만 가득했다. 남편이 자신을 싫어하는 것을 느낄 수 있었다. 여태 어딘지 모르게 삐걱거리는 부부관계의 원인도 모른 채, 눈에 보이지 않는 골을 메우며 살아온 듯한 기분이 들었다. 일 년 반이 지나, 남편에게 결혼 전부터 만나던 여자가 있다는 사실을 알고 이혼했다.

우네는 산을 따라 둘러가는 길을 택했다. 도심을 가로지르는 국도에서 갑자기 산 위로 오르는 것보다는, 산기슭에 펼쳐진 주택가의 산길을 따라서 달리는 편이 공기도 좋고 경치도 좋다. 아직 늦여름의 더위가 기승을 부리고 있어 열풍과 먼지가 창으로 들어온다. 그러나 지금은 혼자만의 여유로운 시간이다. 머리카락이 흐트러지든 얼굴에 먼지가 묻든 신경 쓰지 않아도 된다. 우네는 불어오는 바람에 그냥 몸을 맡긴다.

어젯밤 유지가 찾아와, 이런 시기에 휴가를 가느냐며 놀란 표정을 지었다.

"그럼, 내 여름휴가는 해마다 구월이야. 습관이 돼서 회사에서도 모두 인정해줘. 겨울에는 다른 사람들처럼 연말연초에 휴가를 잡지만, 여름은 늘 구월이야."

우네가 짐을 챙기는 걸 보고 유지도 마음이 동한 것 같았다.

"나, 가도 돼?"

"학원 안 가? 엄마가 알면 야단맞을 텐데."

"거짓말하지 뭐."

"게다가 정식 호텔이야. 농구화 같은 거 신고 오면 안 돼. 넥타이 안 매면 들여보내주지도 않아. 어린애는 출입금지."

"에! 풀문(full moon, 둥근 달이 뜨면 여성의 성욕이 최고조에 달한다는 의미에서 성의 낙원 등을 표현할 때 씀—옮긴이) 전용 호텔인가 보지. 며칠 머무를 건데?"

"사오 일 정도."

"와! 나, 하룻밤만 재워줘."

"지난번처럼 엄마에게 전화 오고 그러면 싫어."

그러자 유지는 배를 잡고 웃었다.

우네는 큰언니와 열여섯 살이나 터울이 진다. 언니와 오빠와는 배가 다르다. 우네 혼자만 후처 소생이다. 부모님이 세상을 떠나자, 우네는 터울이 많은 다른 형제와 소원해지고 말았다.

게다가 남편 사키무라와의 혼담을 주선한 사람이 큰언니라서 이혼한 후로는 더욱 소원해지고 말았다.

그래도 아버지 제사 때가 되면 늘 연락이 오곤 했다. 어느 해인가 사정이 있어 참석하지 못했는데, 큰언니의 막내인 유지가 제사 음식을 들고 왔다.

초등학생 때 본 뒤로 처음이라, 우네는 자신보다 키가 큰 조카를 보고 깜짝 놀랐다. 이모와 조카는 서로 볼을 붉히며 마주 앉았다.

그때, 우네는 한눈에 반하고 말았다. 그는 대학시험에 떨어져 지금은 학원에 다니며 재수를 하고 있다.

유지는 우네의 아파트로 가끔 놀러왔다.

"인력이 끌어당기는 것 같아. 자석인 모양이야."

"뭐가 자석?"

"우짱이."

유지는 어린 시절에 혀가 잘 돌아가지 않아 우네를 우짱이라고 불렀는데, 그게 그냥 이모를 부르는 호칭이 되어버렸다. 깨끗하고 단아하게 정돈된 여자 혼자 사는 아파트의 분위기에 마음이 끌린 것 같았다.

우네는 동생도 없이 외동딸처럼 자라서, 큰 키에 팔다리가 가늘고 얼굴이 작은 남자애가 자기 방에서 어슬렁거리는 것이 너무 좋았다.

"이거 들어봐. 나, 이거 좋아해" 하고 레코드를 들고 오기도 하고, 책을 빌려가는 것도 기분 좋았다.

"안 돼, 거긴 뒤지지 마. 마음대로 열지 마!" 하고 큰소리를 쳐보는 것도 기분이 좋았다.

어느 날 유지의 안내로 라이브하우스에 가보았다. 그 신세를 갚으려고, 가부키를 한 번도 못 보았다는 유지를 데리고 가부키 극장을 찾았다.

"지겨워서 죽는 줄 알았어!"

유지는 기가 차다는 표정으로 그렇게 말했다.

"무대에 선 사람들도 지겨웠을 거야. 주연급은 물론이고 다른 배우들도 모두 객석에 앉은 사람을 구경하던데…… 특히 졸고 있는 관객을 보는 그 눈길이 너무 따스했어, 당연하다는 눈빛이었어, 당연하다는."

우네는 웃고 말았다. 유지는 북 밴드로 묶은 책과 노트를 옆구리에 끼고 우네의 집을 찾아오곤 하는데, 어느 날, 그걸 잊어먹고 그냥 간 적이 있었다. 우네는 잠시 그냥 두기로 했지만 한 달이 지나도 오지 않자, 큰맘 먹고 큰언니 집으로 전화를 했다.

그 집에는 유지 위로 아들과 딸이 있는데, 전화는 큰언니가 받았다.

"며칠 전에 우짱 집에 갔다고 하더라."

우네는 순간 입을 다물었다가, 잠시 후 그때 잊어버리고 간 물건이 있다고 말했다.

며칠 후, 유지가 찾아왔다.

"어디서 잤어? 나를 팔아서."

"여자애 집. 첫경험이었어."

유지는 머리를 긁적거렸다.

"어땠어?"

"생각보다 별로였어. 심야 음악방송 들으면서 상상하는 편이 더 좋아. 그 여자애, 똑바로 좀 해보라고 내 엉덩이를 찰싹 때렸어. 치, 분위기 망쳤지 뭐."

유지는 냉장고에서 콜라를 꺼내 마셨다. 우네는 드레스 거울을 향한 채,

"어떻게 그런 깍쟁이 같은 여자랑 자게 됐는데? 너, 그렇게 인기가 없니?"

"글쎄, 우짱 같은 여자랑 하면 좋을 텐데."

"흥."

"늘 같이 있고 싶어."

"왜?"

"몰라. 우짱은 다른 여자하고 다르니까. 나, 우짱하고 이야기하면 우리 엄마처럼 지겹지가 않아. 재미있어."

"그건 당연하지. 난, 입시니 점수니 한마디도 하지 않으니까. 그러니 편할 수밖에, 이런 농땡이."

"아냐. 그런 거하고는 달라, 하기야 아무렴 어떻다고……."

오히려 우네가 하고 싶은 말이었다. 유지를 보면 모든 게

신선하다. 투박하고 뼈만 앙상한 손을 흔드는 모습이라든지, 의자나 테이블 위에서 가볍게 움직이는 다리, 부드럽고 검은 머리칼이 볼에서 흐트러지는 모습. 우네는 그가 일요일 오후에 불쑥 찾아오면, 이모로서 늘 상냥하게 맞아준다. 그러나 그가 뒤축을 눌러 신은 스니커즈를 벗어던지고 젊은 남자의 땀 냄새를 풍기며 안으로 들어오면, 현관문을 닫고 고리를 걸고, 드디어 먹잇감을 찾았다고 외치며 마구 웃어젖히고 싶은 기분에 빠져든다. 언제부터 그런 기분이 일었는지는 모른다. '이중인격'의 우네는, "아, 어서 와, 유지짱" 하고 반기는 것과 똑같은 기분으로, "또 왔네, 오늘은 안 돼" 하고 차갑게 거절할 수도 있다고 생각한다.

그리고 우네의 상냥함에 마음을 놓고, 아무렇게나 몸을 맡겨오는 어린애 같은 유지의 젊음에, 우네는 영문 모를 슬픔을 느낀다.

어른이란 존재는 그 상냥함 뒤에 언제나 공갈과 위협의 칼날을 감추고 있다는 것을 모르는 그런 순진한 신뢰가, 우네의 가슴에 아프게 와닿는다. 순진무구한 소년소녀를 웃음과 과자로 유혹해 잔인하게 죽이는 유럽 사회의 성범죄자들, 그리고 그림 동화에 나오는 범죄자들의 고독한 쾌락을,

우네는 조금은 알 것 같은 기분이 들었다. 그들은 모두 정치한 이중인격자의 심장을 가지고 있다.

우네는 그렇고 그런 별것도 아닌 이야기를 하면서 앞에서 스타킹을 벗기도 하고, 일부러 욕탕물을 넘치게 틀어놓기도 한다.

"물 좀 잠그고 와, 유지짱……."

그렇게 말하면 유지는 바로 일어나 물을 잠그고 오는데, 욕실에는 우네의 속옷이며 스타킹이 널려 있다. 그것을 우네는 알고 있다. 유지는 아무렇지도 않게 욕실에 들어갔다 오지만, 그런 것들이 눈에 띄지 않을 리 없다.

"그 여자애 이야기해봐. 엉덩이 때렸다는 여자애 이야기."

우네는 자료 사진을 정리하면서 웃는다. 자신의 손을 거친 인테리어 관련 사진들을 분류하여 앨범에 정리하는 작업은 늘 집에서 한다. 유지는 그런 사진들을 보느라 정신이 없는 척하면서,

"그런 건 아무렴 어때. 그보다는 우짱 애인 없어? 사진 좀 보여줘."

"없어. 있어도 못 보여줘."

"깍쟁이. 우리 누나는 애인 사진 잘도 보여주는데. 그래도

부족한지 잡지에까지 보내는걸. 〈나의 자랑거리〉라는 특집에 실린 적도 있어. 우짱은 그런 적 없어?"

유지는 그런 말을 하면서, 우네의 손가락 움직임에 신경을 쓰는 것 같다. 우네의 손톱에는 짙은 매니큐어가 칠해져 있다. 유지는 때로,

"그 반지, 뭘 새겼어?" 하고 반지 대신에 손가락을 만지곤 한다. 조금씩 우네의 몸을 만지다가, 우네가 머리를 빗거나 하면,

"뒤는 내가 빗겨줄게" 하고 빗질을 해주기도 한다. 서투른 손놀림과 솔직한 것 같기도 하고 뻔뻔스러운 것 같기도 하고, 겁먹은 것 같기도 하고, 억지를 부리는 것 같기도 한 표정이 우네에게는 몸서리쳐질 정도로 재미있다.

"유짱, 여기 오는 거, 집에다 말하니? 엄마나 아빠에게?"

유지는 말하지 않는다고 했다.

우네는 손을 씻으러 화장실에 들어갈 때마다 거울로 유지의 모습을 슬쩍 살펴보는데, 대체로 그는 분가루가 묻은 드레스나 향수 얼룩이 진 손수건을 쥐고 냄새를 맡고 있다. 우네는 그냥 모른 척한다. 그러나 '이중인격'이라, 경우에 따라서는, 뭘 하고 있니? 하고 심술궂게 물어서 창피를 주기도

한다.

"너, 지금 뭐해? 네게 뭘 해주기를 바라니? 너, 뭘 바라는 것 같아 보여."

너글너글한 태도로 그런 말을 해서, 유지를 펄쩍 뛰어오르게 할 수도 있다.

우네는 그런 상상만 해도 즐거웠다. 그런 식으로, 숲속에서 길을 잃은 헨젤과 그레텔을 맞이하는 마법사 할머니처럼 유지를 이끌어서, 설마 이모는 모르겠지 하고 여자의 방 냄새를 맡으며 즐거워하는 그 철없는 모습을, 우네는 즐기고 있다.

가부토야마 산을 빠져나가자 갑자기 시원한 바람이 불어오고, 산속의 기온이 낮아졌다. 우네는 창을 열고 차를 세운 다음 산의 공기를 마음껏 들이켰다. 여름휴가 동안 이 부근의 자연공원은 만원이었을 테지만, 지금은 차 한 대 다니지 않는다.

산꼭대기의 호텔에 도착한 것은 오후, 하늘은 활짝 개어 있었다.

프런트맨은 매년 9월초만 되면 며칠간 머물다 가는 우네를 기억하고, 특별히 정중하게 맞아준다. 시즌이 지난 산속 호텔은 공사 중일 때가 많아서 사람을 당혹스럽게 하기도 하지만, 대체로 이 호텔은 조용해서 우네에게 더없이 좋은 휴식처가 되어준다.

우네는 매년 트윈룸을 얻는다. 시즌 요금이 그대로 적용돼 처지에 어울리지 않을 만큼 비싸지만, 멋진 경치가 그것을 충분히 보상해준다. 밤의 정경은 아름답기 그지없다. 해변을 따라 길게 조성된 도시의 거리가 창 아래로 펼쳐지고, 수평선은 뿌연 수증기에 가려 망망하다.

소리 하나 없는 공간에서, 우네는 만족도 아니고 허탈도 아닌 감각에 빠져든다. 작년에도, 재작년에도, 이 호텔에서 철지난 휴가를 보냈지만, 결국 아무도 찾아와주지 않았다. 행선지를 말하지 않았으니 누가 찾아올 리도 없다. 아니, 행선지를 가르쳐줄 남자도 없다. 이혼한 후, 우네는 두 남자를 알았지만, 그리 즐겁지 못했다. 남자란 하나같이 다르다는 생각이 들었고, 차였다는 기분을 맛보았을 뿐이다. 둘 다 본사에 근무하는 남자였는데, 모두 전근하여 지금은 얼굴도 기억나지 않는다. 직장에서는 지점장을 제외하면, 아주 젊은 남자와 여자뿐이다. 때로 거래처 남자들이 은근한 눈길을 보내기도 하지만, 우네는 그런 시선에 너무나도 익숙해서, 주근깨가 좀 있긴 하지만 부드러운 미소가 아름다운 여자, 일에 열성을 가진 노련한 인테리어 어드바이서라는·간판을 표티나게 내걸고 그들의 시선을 뿌리친다.

그렇게 우네는 시즌이 지난 산속 호텔에서 일 년에 한 번 사치스런 휴가를 보낸다. 매일 밤 식당에서 혼자 식사를 한다. 리조트호텔에 오는 손님은 대개 커플 아니면 가족이다. 혼자 오는 우네에게 말을 거는 사람은 낯익은 벨보이 아니면 지배인 정도다. 우네는 그게 편하고 좋았다. 시내 호텔에서 남자를 낚을 경우는, 일이 너무 잘 풀려 죽을 정도로 신이 날 때다. 그러나 일에서 벗어나 순수하게 쉬고 싶을 때는 남자들에게서도 도망쳐버린다. 시즌이 지난 휴가를 인정받을 정도로 우네는 평소에 열심히 일한다. 그리고 일이 잘 풀려 심신이 충실할 때 가끔씩 시내 호텔에서 남자를 낚아 즐긴다.

우네는 한쪽 침대 위에 수트케이스에서 꺼낸 드레스를 마구 흩어놓고, 하얀 면바지와 면스웨터로 갈아입은 뒤 아래로 내려갔다. 뒷산으로 이어지는 길을 따라 산책을 한다. 햇살은 뜨겁지만 산꼭대기의 바람은 가을이다. 호텔을 둘러싼

소나무들은 자동차 배기가스의 습격을 당하지 않아 건강하고 푸르다. 우네는 선글라스를 벗고, 소나무와 참억새의 풍경을 즐긴다. 곧장 나아가면 덴구이와라는 케이블카 역이 나온다.

혼자 걸어서 덴구이와에 이르러, 역무원 하나만 달랑 자리를 지키고 있었다. 오랜만에 사람을 만난 것 같은 기분이 들었다.

높은 곳에 서면 산과 산 사이로 바다와 도시의 거리가 보이고, 깎여 나간 산 사면이 보인다. 이런 곳에 혼자 있으면 지난날 생각에 사로잡히고 만다. 대체로 사나흘이 지난 후부터 그러는 게 보통이지만, 올해는 왠지 첫날부터 공허감에 사로잡혔다. 그러나 우네는 그런 기분에 익숙해서 고통스럽지는 않았다. 외롭긴 하지만 혼자 있는 시간이 좋다. 물론 일을 잊어버리고 멍하니 있으면서도, 돌아가면 바로 부딪쳐야 할 견적서에 대한 답변 따위를 저도 모르게 생각하고 있다. 잘 만들어진 신제품 비닐 벽지로 바꾸면 비용이 20퍼센트나 절감될 거라고 고객에게 강조하면서, 또 한 통의 견적서를 제출해야겠다, 따위의 생각을 하는 것이다. 그러면서,

'혼자 있을 때도 이중인격자가 되어버렸어'라는 생각에 빠지곤 한다.

밤의 야외 식당에는 안개비가 내려 전망이 별로였다.

우네는 일본식을 주문하고 혼자서 일본주 한 병을 마셨다. 휴가 때마다 읽지 못한 책을 읽는 버릇이 들어 늘 네댓 권을 들고 오는데, 오늘 밤은 활자를 접할 마음이 일지 않았다.

몸이 떨릴 정도로 차가운 바람을 느끼고 한밤중에 잠에서 깨어보니, 안개는 깨끗이 걷혀 있고, 하늘과 땅에는 눈부신 빛이 가득했다. 하늘의 별도 지상의 불빛도 흉포해 보일 정도로 밝았다. 더없이 아름다웠다.

이틀째, 산책에서 돌아와보니, 오후의 한적한 로비에 유지가 양복에 넥타이를 매고 어정쩡하게 서 있었다.

태연하게 보이려고 애를 쓰면서 "어이" 하고 한 손을 들어올렸지만, 지독히 긴장한 탓에 동작은 어색하고, 부드러운 입술은 토라진 애처럼 굳게 다물어져 있었다. 마치 울상을 짓고 있는 어린애 같아 보였다. 우네에게 야단을 맞지 않을까 가슴을 졸이며 억지로 기세를 부리고 있는 것이다.

'이중인격'을 가진 우네인지라,

"뭐 하러 왔어? 빨리 돌아가"라고 말할 수도 있고,

"잘 왔어, 천천히 놀다가"라고 할 수도 있다.

그러나 우네는 흉기를 숨긴 채 상냥한 태도로 유지를 맞았다.

"아, 잘 어울리는데. 네 거니?"

그 말이 떨어지기가 무섭게 유지는 마구 얼굴을 구기고 웃으며,

"형 거야. 그냥 입어버렸어. 집에는 합숙 강습이라고 하고."

구름도 안개도 없는 날이었다. 바다와 하늘이 아주 가까이 보인다. 유지는 방에서 바라보이는 풍경에 입을 쩍 벌리더니, 창가에 달라붙었다. 짐은 스포츠백 하나였다.

"땀 흘렸지? 어서 씻어."

우네는 유지의 넥타이를 풀어주면서,

"왜 이렇게 비틀어졌니. 아직 매는 법도 몰라?" 하고 나무라듯이 말했다.

유지의 눈에 기쁨이 가득 고이기 시작했다. 그 기쁨이 얼굴 위로 넘쳐 흐르려는 순간, 갑자기 눈두덩이 빨갛게 변했다. 그리고 화가 난 듯한 표정으로 우네의 손을 뿌리쳤다.

"왜 돌아서서 벗는 거야?"

우네의 목소리는 심술기 가득한 즐거움으로 발랄했다. 유

지는 대답도 하지 않았다. 순간, 우네의 눈에 아름다운 갈색의, 미끈하게 뻗은 남자의 벌거벗은 뒷모습이 날카롭게 꽂혔다. 엉덩이에는 이번 여름에 생겼을 하얀 수영복 자국이나 있었다.

유지가 욕실에서 나왔을 때, 방 안은 어스름에 잠겨 있었다. 우네가 커튼을 쳐버렸기 때문이다. 카펫 위를 걸으면서 유지는 불안한 듯,

"우짱……" 하고 불렀다.

"여기야."

우네는 시트 안에 머리를 푹 파묻고 있어서, 유지의 눈에는 보이지 않았다.

"어서 와."

유지는 속옷을 입고 있었다.

"나, 집에 갈래."

"왜? 이럴 생각으로 온 거 아냐?"

우네는 지금 이중인격의 범죄자처럼 너글너글한 미소를 입 끝에 매달고 있다. 그러나 유지의 무언의 반발도 느꼈다. 정신을 차릴 수 없는 혼란과, 그 혼란을 가져다 준 우네에 대한 증오심에서 나온 듯한 유지의 반발.

"이러고 싶은 거 아니었어?"

우네는 노골적인 사디스트로 변해가고 있었다. 유지는 분노에 휩싸여 거의 제정신을 잃고, 끌어당기는 우네를 뿌리치려 하다가 무슨 영문인지 우네와 한 몸이 되어 침대에 쓰러졌다. 우네는 몸에 아무것도 입고 있지 않았다.

키스를 하려는데, 유지가 너무 심하게 떨어 이 부딪히는 소리가 들렸다.

"네가 좋아."

유지를 안정시키기 위해 그렇게 말했다.

"처음 봤을 때부터 좋아했어."

뭐라고 대답할지 귀 기울이고 있자, 쉬어터진 목소리로,

"나도" 하고 말하는 것 같았다.

"처음부터."

우네는 매끈한 젊은 남자의 피부를 쓰다듬으며 즐긴다. 유지는 온몸을 부들부들 떨고 있다. 우네는 그 어떤 남자와 관계할 때보다, 옛날의 남편보다, 지금 이 순간이 더 짜릿하고 좋았다. 희석되지 않은, 날것의 강렬한 열락이 온몸으로 퍼져나가면서, 날카로운 바늘처럼 몸의 구석구석을 찔러댔다.

이중인격이 서서히 조율되며 겹치더니, 완전히 하나가 되

었다.

그 말이, 남편이 던진 비난의 화살이, 상상할 수 없을 정도로 깊은 상처를 남긴 것 같았다.

이제 그 말이 하나도 마음에 걸리지 않았다.

유지는 영원히 지속될 것만 같은 몽롱한 기분에 감싸여 있었다.

우네는 얇고 하얀 잠옷을 입고, 숲으로 난 창의 커튼을 활짝 열어젖혔다. 그쪽에는 건물이 없어 남이 볼 염려가 없다.

숲 위에는 파국적인 저녁노을이 펼쳐져 있었다.

우네와 유지는 저녁노을을 바라보고 있다. 누워서 바라보는 하늘.

"야, 정말 넓어……."

"나, 사실은" 하고 유지가 멍한 표정으로 말한다.

"이게 처음이야. 이전에 여자애 때는 실패했어. 만지기만 했는데, 나도 모르게 그만……."

우네는 웃지 않고 말했다.

"그보다는, 내 말 들어봐. 나, 정말 널 좋아했어. 언젠가, 이렇게 하고 싶었어."

"거짓말."

그건 유지의 입버릇일 뿐, 진심은 정반대다.

“정말이야. 이제 죽어도 좋아…….”

“난 싫어. 다시 한번, 꽃 피워보고 싶어.”

우네는 웃고 말았다.

날이 어두워지자 두 사람은 식사를 하기 위해 옷을 입었다. 우네는 검은 시폰 롱드레스를 입었다. 드레스의 파스너를 올려주고, 다이아몬드 펜던트의 고리를 채워주는 새로운 일이 유지에게는 너무 즐거웠다.

우네는 유지의 넥타이를 고쳐주기도 하고, 새로 산 구두가 잘 닦여 있는지를 살펴주기도 했다. 유지는 누가 봐도 남의 옷과 구두를 신은 듯한 분위기였다. 그것은 유지의 우월감과 열등감이 마구 뒤섞인 모호한 표정에서 오는 것인지도 모른다. 우네가 매달리듯이 유지의 팔을 휘감자, 유지는 뒤뚱거리면서도 턱을 치켜 올리고 발걸음을 옮기기 시작했다.

복도에도 엘리베이터에도 사람은 없었다.

가늘고 긴 유리창 아래로 도시의 불빛이 바다를 이루고 있었다. 우네가 멈춰 서서,

“저걸 봐” 했는데,

불빛을 바라보는 유지의 눈에 눈물이 그렁하고, 눈두덩은

통통 불어 있다. 또, 그 자리에서 우네의 몸을 벽으로 밀어붙이는 유지의 몸짓이 어찌나 서툴고 거칠었는지 서글픔이 일 정도였다. 왜 갑자기 키스하고 싶어졌는지는 모르겠지만, 유지의 기분을 알 것 같은 우네는 그의 충동에 응해주었다. 엘리베이터가 멈추고 사람들이 내리자 두 사람은 얼굴을 돌리고 상자에 올라탔다. 안에는 둘뿐이었다. 우네는 슬쩍 유지의 입술을 손수건으로 닦아주었다. 립스틱이 조금 묻어 있다. 유지는 화난 표정으로 서 있다.

바다가 보이는 자리에 앉았다. 하얀 안개가 열어졌다 짙어졌다 할 때마다, 거리의 불빛이 환히 나타났다가는 뿌옇게 가려지곤 했다.

생선요리를 시켰더니, 낯익은 소믈리에가 독일 포도주를 권했다.

"빌팅겐 마을에서 나는 귀한 게 있는데, 아마 마음에 드실 겁니다."

평소의 우네라면 그렇게 하라고 간단히 처리했겠지만, 오늘 밤은 와인에 대해서도 꼬치꼬치 캐물어보고 싶었다.

"뭐라고 해요?"

"샤르츠호프베르거라고 하는데, 에곤 뮐러 가가 주조한

것입니다. 그 지역에서 최고급이지요. 맛이 산뜻하고 시원스러운 게 자랑입니다.”

“그럼, 그걸로 할게요.”

그런 대화도 즐거웠다. 유지는 아무 말도 귀에 들어오지 않고, 혀까지 얼어붙은 것 같았다. 우네를 바라보는 눈빛도 끈적거리고 있었다. 그러나 우네는 기분 나쁘지 않았다. 시선을 돌려야 한다는 것조차 망각해버린 그 혼란스런 모습이 너무 귀여웠다.

우네는 남의 눈에 띄지 않게 슬그머니 테이블 위에 놓인 유지의 손 위에 자신의 손을 포갰다.

“우짱, 정말 예뻐. 나, 처음 우짱을 만났을 때, 너무 예뻐서 얼굴이 발개지고 말았어” 하고 유지는 말을 더듬었다.

“아, 나도 그랬어. 얼굴이 빨개졌지.”

“거짓말. 늘 심술궂게 비꼬기만 하고 놀리면서 웃어놓고.”

“그건 유짱이 너무 좋아서 그런 거야.”

“거짓말!?”

그건 너무 어린애 같고, 때로 어딘가 갈라진 틈에서 떨어져 내리는 현실의 조각 같았다. 필시 유지의 머릿속에서는 크고 작은 불꽃이 연속 폭발을 일으키고 있을 것이다. 아마도 유지는 에곤 쉴러도, 샤르츠호프베르거도 듣지 못했을 것이다. 우네는 차가운 와인을 천천히 입에 머금고, 사과처럼 새콤한 맛을 즐긴다. 유지는 와인보다, 생선요리보다, 이 다음에 이어질 별이 부서지는 침대를 생각하고 있을 것이다.

그건 우네도 마찬가지다.

그런 즐거움이 있기에, 옅은 주근깨가 난 얼굴에 아름다운 꽃 무리가 떠올라 있는 것이다. 그러면서도 한편으로 우네는 생각하지 않을 수 없다. 이렇게 아름답고 즐거운 기회는, 이 한 번으로 끝나야 한다고.

다시는 가질 수 없는 시간이기에, 바닥 없는 열락이 피어오를 것이다.

"우리, 산꼭대기 검은 땅에 커다란 구멍을 파서, 남모를 사랑의 관을 묻나니."

옛날에 읽었던 시의 한 구절이 떠올랐다.

> 말로 다할 수 없는 둘만의 사랑이었네
> 우리 누운 관 위에 풀이 피어나는 날에도
> 이 사랑 아는 이 없으리

한숨을 내쉬면서 유지는 접시의 요리를 입에 넣고 씹으면서, 마치 원수를 대하는 듯한 눈길로 우네의 눈을 노려보고 있다.

우네는 고개를 끄덕이며 미소 짓는다.

사랑의 관은 벌써 반쯤 묻힌 것 같다. 바로 이 산꼭대기 호텔의 어둠 속에.

“우짱. 이모가 아니면 결혼하고 싶어.”

“그 말, 내가 할머니라는 뜻이야?”

“양쪽 다.”

“어쭈.”

우네가 노려보자, 유지는 행복에 겨운 듯한 웃음을 흘렸다. 이렇게 상냥한 미소를 짓는 여자를, 사랑의 관을 묻은 여자라고 느낄 사람은 아무도 없을 거라고 우네는 생각했다. 우네는 이 열락을 극한으로 몰고가기 위해서, 다시는 유지와 이런 기회를 갖지 않으리라 생각한다. 우네는 그런 결의를 비수처럼 감춘 채 미소 짓는 자신의 ‘이중인격’이 사랑스럽게 느껴졌다. 그것이야말로 여자의 살아가는 기쁨이었다.

와인을 따르려고 벨보이가 와인 쿨러에서 이슬 맺힌 와인병을 집어 들었다.

그 정도 일이야

'치키'가 문제였는지도 몰라요.

좀 더 잘 풀릴 수 있었는데, 어딘지 모르게 일이 꼬여 곤란한 지경에 빠지고 말았네요.

왜 이렇게 되었을까.

호리 씨 말입니다.

그만 그가 좋아지고 만 거예요.

여섯 살 어린 청년인걸요.

어디가 그리 좋으냐고 물어도 할말은 없어요. 특별히 그럴싸한 데라고는 하나도 없는 평범한 청년이죠.

호리 씨는 나를 어떻게 생각하는지 모르겠지만, 아마 싫지는 않았을 거예요.

대화도 잘되는 게, 서로가 어딘지 모르게 비슷한 감각을 가지고 있었거든요.

탤런트 이야기나 소설 이야기를 하다 보면,

“아, 그거, 아닙니다, 나, 약해요, 그런 데”라는 게 나랑 똑 같았죠.

그래서 나는 호리 씨에게 남편을 소개시키지 않았어요.

‘아, 그게 약할 것 같아’라고 생각하면 싫거든요. 나는 남편을 싫어하는 것도 아니고…… 또 남편이 남에게 못 보일 정도로 형편없는 남자도 아니지만, 일에 묻혀 살거든요, 호리 씨나 나 같은 사람과는 세계가 다른 것 같아요.

호리 씨가 내 남편을 보고,

‘흠, 이런 남편을 둔 가오리 씨란 사람은.’

남이 그런 추측을 하는 게 싫은걸요. 나를 나로서만 바라보기를 바라기에, 쓸데없는 데이터를 제공하고 싶지 않은 거죠.

호리 씨를 어떻게 해볼 생각이 있어서 그런 건 아닙니다. 앞뒤 가리지 않고 행동하는 사람은 더욱이 아니고요. 터무니없는 행동을 할 생각은 없지만, 남편이 아닌, ‘내가 좋아하는 호리 씨’를 확보해두고 싶었을 뿐이에요. 애인으로 삼겠다는 뚜렷한 목표가 있었던 것도 아니에요. 젊은 사람이라, 그이가 무슨 생각을 하는지, 나로서는 가늠할 길이 없어요. 그러나 늘 내 곁을 오가는 사람이기를 바라는 마음 간절해요.

나와 호리 씨의 관계를 더욱 친밀하게 해준 것은 바로 치키입니다.

치키는, 새끼 돼지 장난감, 아니 손가락 인형이지요.

구운 흙에 현란하게 살색을 입힌 얼굴, 작은 두 손(이것도 살색)이 달려 있고, 싸구려 천으로 거칠게 바느질한 옷을 입고 있어요. 그 천 속에 손을 밀어 넣으면, 치키의 목에는 집게손가락이, 치키의 두 손에는 가운뎃손가락과 엄지손가락이 들어가도록 두꺼운 종이로 통로를 만들어둔 거예요.

집게손가락을 까닥까닥 움직이면 치키는 목을 아래위로 흔듭니다.

엄지손가락을 움직이면, 치키는 왼손을 흔들게 되어 있습니다. 어린아이들이 좋아하는 단순한 손가락 인형인데, 이 치키의 얼굴이 너무 귀엽습니다. 새빨간 코가 톡 튀어나와 있고, 눈은 화들짝 열려 있습니다.

정말 맹랑한 얼굴입니다.

나는 산 동물을 기르는 게 정말 무섭습니다. 고양이를 기르다 몇 번이나 죽이고 말았으니까요. 그래서 정말 귀여운 걸 곁에 두지 못하고 있죠. 젊었을 때 유산한 경험이 있는데, 서른이 된 지금까지도 아기가 생기지 않고 있어요. 그런 나지만, 남편을 귀엽다고 생각하지 않는 것처럼, 인형도 귀엽다고 생각하지 않는 여자였어요.

혹시, 그런 성격이 나를 사랑에 빠지게 한 원인인지도 모르겠지만, 그때까지 난, 자신이 뭔가를 귀여워하기보다는 남편에게 귀여움을 받는 걸로 충분하다고 생각하고 있었습니다.

여자애를 가진 부모라면 대체로, 여자는 남자에게 귀여움을 받는 게 행복하다는 신화를 믿는 것 같은데, 여자의 두 손은 늘 귀여운 것을 찾아 허공을 헤매고 있는 게 아닐까 싶어요.

내가 치키의 몸속으로 오른손을 밀어 넣고, 치키의 목과 두 손을 움직이면서,

"호리 씨, 오늘 올 것 같아?" 물으면,

〈안 올걸. 오늘은 약속한 날이 아니니까.〉

치키는 목을 흔들며 말합니다.

그럴 때의 치키는 어린 남자애 특유의 귀엽고 갈라진 목소리를 내요. 물론, 내가 말하는 것이긴 하지만, 치키의 얼굴

을 보면, 마치 치키가 말하는 것처럼 보일 거예요.

손바닥 반밖에 안 되는 자그만 얼굴이지만, 내게는 참으로 풍성한 표정을 가진 새끼 돼지입니다.

"그래…… 호리짱 안 오는 거야?"

〈전화 걸어도 소용없어. 영업을 나가서 회사에는 없어. 나, 알고 있었어.〉

치키는 짧은 혀로 더듬더듬 말합니다.

호리 씨와 나 사이에서 치키는 아주 어린 남자애입니다. 왠지 그래야 할 것 같은 생각이…….

치키는 '덴진天神' 가게에서 샀지요.

오사카의 덴만구天滿宮 덴진의 여름 축제가 열리는 7월 25일이 되면, 오가와大川에 배를 띄우는 후나도교船渡御 행사에 많은 사람들이 모입니다. 나는 호리 씨와 덴진을 참배하러 갔습니다.

둘이서 함께 간 것은 그때가 처음이었어요.

나는 조화 만드는 일을 해요. 그 방면에서는 꽤 알려진 전문가예요. 염료로 물들인 천 조각에 주걱으로 풀을 발라 꽃잎을 만듭니다. 모자나 부케에 사용하는 꽃이에요. '예술 조화'

라고도 하는 아주 섬세하고 아름다운 꽃을 만들기도 하고, 강습회를 열어 그 기술을 가르치기도 하는데, 지금은 그보다도 브라이덜 패션 플라워라는 신부용 꽃을 만들고 있어요.

신부의 머리 장식이나 웨딩드레스, 식을 마친 후 갈아입는 드레스를 장식하는 꽃 말이에요.

디자이너가 스케치와 천 조각을 건네주면, 나는 거기에 맞추어 머리 장식이나 옷에 매다는 장미, 작은 꽃 따위를 나름대로 고안해서 만듭니다.

황금색 장미, 파란 장미 같은 환상적인 색깔의 꽃을 만들어요. 결혼 의상은 해가 갈수록 화려해지고 있어요. 하얀 웨딩드레스에 파스텔 톤의 작은 장미를 가득 붙일 때도 있고요. 금으로 만든 꽃을 옷자락 장식으로 붙일 때도 있어요.

호화롭고 화려하게, 사람들의 눈을 끌 수 있도록, 신부 의상에 대한 요구는 나날이 강해지고 있는 실정이지요.

재단사들은 드레스를 만드느라 분주합니다. 아무리 많이 만들어도 주문이 끊이지를 않는다고 합니다. 그러니 나의 일도 많아질 수밖에요.

지금은 옛날에 내가 가르쳤던 사람들에게 하청을 주어 작은 꽃이나 잎을 만들게 합니다. 그것을 모두 모아서 마무리를 하거나, 최고의 솜씨가 필요한 머리 장식을 만드는 게 나의 일이에요.

좋아하는 일이라서 그런지 나만의 독창적인 아이디어가 곧잘 나와요. 그게 의상회사나 디자이너에게 호평을 받으면, 힘이 막 솟구쳐서 더 열심히 일하게 돼요.

남편은 그런 내 일에 찬성하지는 않지만, 그렇다고 딱히 반대하는 것도 아닙니다. 회사 일이 너무 바빠서 매일 파김치가 되어 돌아오니까요. 너무 피로해서 그런지 늦은 시간에 집에 돌아오는 표정이 어두워요. 집에서 저녁 식사를 하는 일은 거의 없을 거예요.

남편은 나와 보내는 시간보다 직장 동료들과 보내는 시간이 훨씬 많죠. 어쩌다 빨리 왔다 싶으면 여행가방에 짐을 챙기는 겁니다.

"갑자기 무슨 일이야?"

"미국. 내일부터 이 주일간 출장."

"에!"

"아직 말하지 않았던가?"

그런 일이 다반사입니다.

남편은 그냥 미리 말하는 걸 잊어버린 거죠.

머릿속에는 직장과 일 생각뿐이니까요.

비즈니스 관계로 집으로까지 전화가 걸려올 때도 있어요. 남편은 딱히 그걸 싫어하는 것 같지 않아요. 아니, 오히려 기뻐하는 것 같은걸요. 이야기에 열중하다가 수화기 건너편의 상대와 꿀처럼 달콤한 친화감으로 하나가 된 듯 웃어요. 그 웃음소리에는, 듣는 내 가슴이 철렁할 만큼, 거의 성적인 도취감이라 해도 좋을 정도의 깊은 충족감이 배어 있어요.

일과 우정.

라이벌 의식마저도 그 우정에 기분 좋은 탄력을 더해주는 것처럼 보여요.

남편은 서른다섯, 일이 너무 재미있어서 견딜 수 없는 그런 환경에서 살아가는 것 같아요. 친구들과의 교류가 인생을 떠받쳐주는 것처럼 보여요.

나는 남편의 충족감을 추측하면서, 다행이라 생각하고, 내 나름대로 인생을 살아온 거예요. 혼자서 활기차게, 울지 않고 잘 놀아준다는 느낌을 주는 남편이라 별 신경 쓸 일이 없는 거지요.

'이렇게 신경 쓰지 않아도 될 사람인 줄은 몰랐어.'

반은 체념으로 그런 생각을 합니다.

하기야 처음부터 일을 보람으로 여기고 살아가는 사람이라는 생각은 했지만요.

자식은 물론이고 그 외에도 특별히 바라는 게 없어 보입니다.

나는 조화 만드는 일을 시작하면서 겨우 남편의 '혼자 놀기'를 짜증과 불만 섞인 시선으로 바라보지 않아도 되기에 이르렀습니다.

그래서 남편이 집을 자주 비우고, 자주 출장을 가는 게 오히려 더 편하고 좋아졌어요. 나도 백화점이나 패션쇼나 결혼 의상 전시회에 나가야 할 일이 많아졌으니까요.

내가 만드는 꽃이 높은 평가를 받게 되니까 욕심이 생기더군요. 그래서 외국의 웨딩드레스 잡지를 사서 보면서 조금이라도 더 참신한 아이디어를 얻어내려고 노력했습니다. 영화도 자주 보게 되었고, 직접 옷을 만들어 입어보기도 하고, 새로운 스타일의 옷도 사게 되면서 꽤 멋을 부리게 되었어요.

돈이 들어오기 시작했어요! 남편은 미국식 사고방식을 가진 사람이라 살림에 필요한 정도의 돈밖에 주지 않았거든요.

"가오리에게 맡길 수는 없어. 있으면 있는 대로 써버리니까. 내가 정신을 차리지 않으면 밑 빠진 독에 물 붓기가 되어버릴 거야."

나 자신은 그렇게 생각하지 않지만, 남편의 눈에는 그렇게 보일지도 몰라요.

그렇지만 괜찮아요. 내가 하는 일이 의외로 돈이 되거든요. 정말 기분 좋은 일이죠. 아직 남편에게는 말하지 않았지만요.

그런데 참 이상한 일이에요. 내가 비즈니스를 취미로 삼고부터 오히려 남편의 심정을 더 잘 이해하게 된 거예요. 새삼 사랑을 느꼈다는 말은 아니에요.

일이 이렇게 재미있으니 남편이 일에 몰두하는 것도 당연하다는 생각이 들더라구요.

예전에는 남편이 일에 몰두하고 직장 동료와 긴밀한 우정을 나누는 데 질투를 느끼기도 했지만, 이젠 그것을 배려해 줄 만한 여유가 생겼죠. 남편의 그 두터운 우정에 대해,

'그럴 만도 할 거야……'라는 생각이 들거든요. 일에 휘둘리다 보면 무엇보다 사치스럽게 투자해야 할 사랑의 시간도, 티스푼 하나 분량밖에 안 되는 눈 깜짝할 사이의 사랑으

로 처리해버리고 말아요. 그런 남편의 습관에 대해서도,

'……그럴 만도 해'라고 고개를 끄덕이고 말아요.

그러면서도 이해와 납득만으로 공백을 메워가는 삭막한 부부관계에 대해 애달픈 생각이 들기도 하지만, 이제 와서 어쩌겠어요.

남편에게 내가 아주 요긴할 때도 있긴 해요. 가끔 집에 남편의 회사 사람들(부인 동반)을 초대해 파티를 열곤 하는데, 그럴 때마다 나는 남편과 정말로 사이가 좋은 것처럼 행동합니다.

요즘은 외국에서 살다 온 부부도 많아서 파티 문화가 일상화된 것 같아요. 그런 자리에서 나는 남편의 좋은 상대역을 해내는 겁니다. 연기력 하나만은 충분히 남편과도 대적할 만하니까요. 엷은 비단 크레프 소재의 하얀 블라우스에 꼭 끼는 청바지를 입고, 백금 목걸이와 귀걸이를 하고, 아주 짧은 세련된 헤어스타일을 한 나에게로 다른 부부들의 시선이 쏠리는 것을 잘 알고 있어요. 나는 남편에게 사랑받고 내 멋대로 어리광부리며 살아가는 아내 역할을 해내고, 남편도 웃으면서 아내의 어리광을 그냥 받아들이는 물렁한 남편 역을 해내는 거죠.

그래서 파티가 끝나고 손님들이 돌아간 뒤에도, 나는 가끔 흥분 상태에서 깨어나지 못하곤 해요.

파티에 참가한 남편의 윗사람 부부에게, '정말로 이 가정에는 행복이 가득해! 자식은 없지만, 물 한 방울 샐 틈 없이 완벽한 부부사이인 것 같아. 성공한 결혼생활이란 이런 것을 두고 하는 말이야!'라는 인상을 주었음에 분명한 몇 가지 확실한 근거를 발견했기 때문이지요.

남편의 입장에서 볼 때 참으로 유리한 일이 아닐까요.

남편도 나도 그런 성공에 취해버리는 겁니다. 파티가 끝난 후에도 그 흥분이 가라앉지 않을 정도로. 그럴 때면,

"가오리, 한잔 할래?" 하고 남편은 남은 백포도주 병을 얼음이 거의 녹은 쿨러 속에서 꺼내 들지요.

"응, 한 잔 줘."

대화는 그걸로 충분해요. 남편과 함께 욕실로 들어가서는, 우리는 평소보다 훨씬 정성과 시간을 들여 사랑을 나누는데, 그것은 파티의 열기가 섹스 욕구에 불을 붙였다기보다는 '대성공이야! 그렇지, 파트너', 무대 흥행을 성공적으로 마친 배우들의 뒤풀이 같은 감각이라 할 것입니다.

다른 집 파티에 초대받았을 때도 그랬습니다. 나는 챙 넓

은 검은 모자에 짙은 빨강 벨벳 매킨코트 같은 그 옛날 황금 시대의 우아한 패션으로 몸을 감쌉니다. 펠트로 된 검은 모자에는 빨간 그로그랭의 리본, 현관에서 코트와 모자를 벗으면, 아래는 표범 가죽을 프린트실크한 블라우스에 검정 실크로 된 얇은 바지, 그런 패션으로 나를 표현하고는 그냥 입을 꼭 다물고, 남편에게 그냥 어리광만 부리고 있을 뿐이죠. 그러면서 파티를 무지 좋아하는 여자, 정말로 이런 파티에 오면 흥분해버리고 만다는 분위기를 연출하는 거죠.

그러다 보면 진짜로 즐거운 듯한 기분에 빠져들지만, 하루가 끝날 때쯤이 되면, '오늘 연기도 괜찮았어! 손님들의 반응도 좋았고, 그렇지, 파트너'라는 생각을 하고 마는 겁니다.

그렇다고 내가 불행하다는 건 아니에요. 인생이란 그렇게 적당히 잘 풀려나가는 게 가장 좋은 게 아니겠어요.

호리 씨는 브라이덜 패션 회사에 다니는데, 내 작품을 가지러 일주일에 한두 번 정도 찾아옵니다.

여태까지 나를 담당한 청년들은 계산서의 개수가 맞는지, 디자이너의 지시대로 모든 것이 되어 있는지를 체크하고는 별다른 말도 없이 가버렸지만, 호리 씨는 완성된 헤어드레스나 꽃을 보고,

"아, 정말 우아하네요. 색감이 정말 섬세해요"라며 칭찬을 아끼지 않습니다. 그래서 나는 호리 씨가 좋아진 겁니다.

언뜻 봐서는 나이가 얼마나 되었는지 가늠하기 힘든 사람입니다. 사실은 스물넷의 독신이라고 하네요. 중키에 약간 말랐고, 얼굴은 평범하고, 안색은 별로 안 좋아 보여요. 머리칼은 엷은 갈색에 철사 줄처럼 뻣뻣한 직모고, 육체적으로는 딱히 매력 포인트를 찾기가 힘들어요. 오히려 빈상에 가깝다고 해야겠지요.

그런데, 왠지 나는 호리 씨가 좋아요.

"이 새빨간 양란 말이죠, 너무 화려한 것 같기는 하지만, 기품도 있고 청순한 느낌을 줍니다."

그런 말을 하는 호리 씨는 뭘 아는 사람입니다. 나는 이렇게 말하지요.

"다들 화려한 게 최고라고 하잖아요. 그렇지만 난 사람의 눈을 확 끌어당기는 스타일로는 잘 안 가게 돼요. 하다 보면 어딘지 모르게 가련하고 귀여운 이미지가 나오고 말아요."

"정말 그렇습니다. 요즘 사람들은 화려한 것만 찾는 경향이 있지만…… 식이 끝나고 갈아입는 드레스를 보면 아라비아 풍의 무당 복장이라고나 할까요, 정말 정신이 없을 정도

지요. 그런 드레스가 일본 열도의 북쪽 끝에서 남쪽 끝까지 결혼식장에서 활개를 치고 있다니, 좀 이상하지 않아요? 요즘 일본인들은 화려함에 목이 말라 있는 게, 마치 전 국민이 배우가 된 듯한 느낌이 들 정도입니다. 정말 젊은 사람들 취향은 알다가도 모르겠어요."

호리 씨는 마치 자신은 젊은 사람이 아니라는 듯 웃으면서 그렇게 말하는 겁니다. 나는 호리 씨의 솔직하면서도 얌전해 보이는 웃음이 좋습니다. 소리를 죽여서 웃는 모습도 좋고요. 한번 좋다는 생각을 하니, 가슴속에서 뭔지 모를 충동이 솟구쳐 올라, 나는 성급하게 음악이나 책, 영화 이야기를 하게 되었던 겁니다.

호리 씨는 모르는 걸 여자 앞에서 아는 척하는 그런 젊은이 특유의 치기가 없는 사람이라서, 호리 씨를 만날 때는, '오늘 연극도 아주 잘됐어!'라고 생각하지 않아요. 있는 그대로 이야기하고, 느끼는 대로 웃을 수 있어 정말 좋아요.

만나는 시간은 고작 십 분이나 십오 분에 지나지 않지만, 나는 호리 씨가 오는 날은 들뜬 기분으로 기다리게 됩니다.

그런데 왜 호리 씨가 이렇게 그리운지, 어디선가 만난 적이 있는 듯한 느낌이 들어 견딜 수가 없는지요. 전생에서 호리 씨를 만난 것 같은 느낌이 들기도 합니다. 어느 날, 꽃을 만들다가 문득 생각이 나서, 남편의 책장에서 『일본근세백년사』라는 사진집을 꺼냈습니다.

전쟁 시절이 나온 페이지를 펼치자, 일본군이 중국 대륙을 침범하여 범한 악행을 폭로한 사진이 있었지요. 그중에 게릴라인지 스파이인지 아니면 죄 없는 서민인지 잘 모르겠지만, 한 청년이 뒤로 손이 묶인 채 일본군에게 처형당하는 장면이 있었어요.

철사 줄처럼 빳빳한 머리칼과 맑은 눈, 여윈 볼이 호리 씨와 어쩌면 그리도 닮았는지요.

그 눈은 맑고 차분했습니다. 마치 자신을 처형하려는 인간에게,

'그래도 괜찮아? 정말? 괜찮아?' 하고 놀리는 듯한 의연한 자세의 눈이었습니다.

아니면, 내 상상과는 달리, 처형을 눈앞에 두고 절망과 공포에 얼어붙어서, 그냥 망연히 앞만 바라보는 시선이었는지도 모릅니다.

콩알만 한 사진이지만, 왠지 기억에 남아서, 그 모습이 호리 씨의 가냘픈 몸매와 겹쳐서 떠오른 건지도 몰라요. 그렇

지만 호리 씨에게,

'당신, 처형당하는 포로하고 너무 닮았어'라고는 할 수 없었어요.

호리 씨는 우리 집 분위기에 젖어들면서 정말 편리한 존재가 되었습니다. 남편이 돌보지 않는 망가진 전기제품들을 일요일날 일부러 찾아와서 손봐주곤 했습니다. 남편은 일요일에도 집에 없습니다. 조금이라도 시간이 나면 접대 골프를 나가버리니까요.

나는 호리 씨를 간단한 점심 식사에 초대하기도 했어요.

집에서 기르는 건 아니지만, 어느새 우리 집 정원을 안방처럼 오가며 내게서 음식을 얻어먹는 들고양이가 세 마리 있습니다. 호리 씨가 손을 내밀면, 고양이들은 얌전하게 먹이를 받아먹고, 머리를 쓰다듬어도 가만히 있습니다.

족제비도 살고 있는데, 이놈도 정원을 가로지르려다가 호리 씨를 발견하면, 미간에 주름을 잡은 채 한참이나 호리 씨를 바라봐요.

"동물이 정말 좋아요. 시골에서 동물이나 기르며 살고 싶어요."

호리 씨가 그런 말을 하면, 나도 손뼉을 치며 찬성합니다.

맨발로 개와 고양이랑 뛰어놀고, 말을 타는 생활이 즐겁지 않을 리 없겠지만, 실현될 가능성은 없어요. 그러니 나는 남편과 연극을 하며, '오늘 연기도 멋졌어!'라고 흡족해하고, 호리 씨는 북쪽 홋카이도에서 남쪽 가고시마까지 브라이덜 패션을 팔러 다니는 생활을 계속할 테지요.

"도시에서 자랐으니 그건 힘들겠지요" 하고 호리 씨는 오사카 출신답게 매사에 느긋한 면모를 드러냅니다.

덴신 축제 날 밤에도 호리 씨와 둘이서 참배를 했어요.

사람이 너무 많아서 절도 제대로 못 했지만 우리는 본전 앞에 있는 가게에서 손가락 인형을 샀습니다.

"콩콩치키칭 콩 치키칭 콩콩치키칭 콩 치키칭."

오사카답게 빠른 박자의 음악이 울려 퍼지고 있었어요. 교토의 기온마츠리祇園祭의 박자는,

"코 - 옹 코 - 옹 치 - 키치 - 잉……" 하는 식으로 우아하면서 길게 늘어지는데, 이런 음악을 오사카 사람이 들으면,

"저런 느린 음악을 들으면 눈앞이 캄캄해져" 하고 불평을 합니다. 어쨌든 우리의 새끼 돼지 손가락 인형은 그런 음악에서 이름을 따 치키가 된 거지요.

우리는 레스토랑에 들어가서 스파게티를 먹었어요. 젊은

남자와 둘이서 오사카의 밤거리를 느긋하게 걸어본 것은 처음이었어요.

너구리 소굴 같은 조그만 가게였지만 활기로 넘쳐났습니다. 우리는 와인을 마시고, 치키를 어르면서 얼마나 즐거웠는지 몰라요.

혈색 나쁘고 맨들맨들한 호리씨의 얼굴에 발갛게 홍조가 떠올랐습니다. 복화술 같은 화려한 솜씨는 없었지만, 치키를 오른손에 끼고,

〈어이, 내가 치키야〉 하고, 어린애 같은 음성으로 귀엽게 말합니다.

〈그런데, 언니하고 오빠는 무슨 관계야?〉

“무슨 관계면 좋은데?” 하고 내가 시치미를 떼며 묻습니다. 치키는 이상하다는 듯이 고개를 갸웃하며,

〈아무 관계도 없나요? 남자랑 여자 관계가 아닌가요?〉

“이놈은 덩치에 어울리지 않게 조숙한 데다 건방지기까지 하군” 하고 호리 씨가 말합니다. 나는 그 말을 받아,

“말도 많은 놈이야” 하고 맞장구를 치지요. 그러면 치키는 내 얼굴을 가리키며,

〈빨리 집에 가야 할 텐데요〉 하고 설교조로 말합니다.

〈남편이 걱정하고 있을걸요.〉

"쓸데없는 참견 마세요. 어린애가 걱정할 일이 아니니까요."

〈그렇지만 부인이 늦으면 남편이 화를 낼 텐데요.〉

"남편도 늦을 거예요."

〈아, 둘 다 늦는단 말이네요.〉

"그럼요."

〈그럼, 왜 같이 살아요?〉

'그건 연극을 위해서. 치키가 그걸 알 수 있을까?'

〈언니는 뭘 하면 즐거워요?〉

"글쎄…… 지금, 이렇게, 와인을 마시며 느긋하게 지내는 거. 치키랑 같이 있는 거."

〈호리 오빠하고 있으면 어때요?〉

"즐겁지."

〈오빠, 좋아하죠?〉

"아, 그건……."

"치키. 그만둬. 어른 흉내 내지 마."

호리 씨는 당황한 듯한 표정을 지으며 치키의 머리를 톡 때립니다.

〈아얏! 왜 때려!〉

“치키가 쓸데없는 말을 하니까.”

〈오빠, 그렇게 물어주기를 바랐잖아!〉

“어이, 너 그만두지 않을래.”

〈왜 그러세요, 오빠는 언니를 좋아하지 않나요?〉

그러면 나는,

“너 정말 심술궂다” 하고 짐짓 불쾌한 듯이 말합니다.

우리는 또 같이 술을 마시러 갔습니다.

치키는 내 핸드백 속으로 들어가야 했고요.

바에서 술을 마시며 호리 씨는 치키의 목소리를 내며,

〈세 잔이나 마셨네요. 어떻게 하려고 그래요? 집에는 안 갈 거예요?〉

“못 갈 정도가 되면 안 가면 되지. 어른들 사이에 자꾸 끼어들지 마!”

〈아, 그럼 혹시 두 사람은 불륜관계?〉

나는 웃음을 터뜨렸습니다.

호리 씨와 나는 그렇게 농담을 하면서 조금씩 서먹서먹한 느낌을 없애가고 있었는지도 몰라요. 치키가 있으면, 아무렇지도 않게 ‘불륜관계’라는 말을 하면서 웃을 수 있으니까요.

치키는 호리 씨에게 눈을 부릅뜨고 항의하기도 했어요. 호리 씨는 일부러 치키의 입을 막았습니다.

"이런 바보, 그만두라고 했잖아……."

〈아얏! 그만 때려요. 머리 나빠진단 말예요. 자꾸 바보라고 하면 듣는 바보 기분 나쁘단 말예요.〉

나는 호리 씨와 치키의 대화를 들으면서 배를 잡고 웃었습니다. 호리 씨는 정말로 멋진 광대 역을 하고 있었어요. 처형당하기 전의 사형수 같은 표정으로 말이죠. 시간이 갈수록 점점 말이 우스꽝스러워져서 즐거웠습니다.

호리 씨는 얌전해 보이지만, 가슴속에는 재미있는 걸 가득 담고 있는 보물 상자 같은 사람이었어요.

그 후로 치키는 호리 씨와 나의 아이돌이 되었습니다.

"치키, 잘 지내요?"

전화를 걸 때마다 호리 씨는 안부를 묻습니다.

나는 치키를 작업실 한구석에 세워두어요. 화장품 병을 타월로 둘둘 말아 그 위에 치키를 씌워 세워두는 거죠.

그렇게 하지 않으면, 치키는 마치 실이 끊어진 피노키오 인형이나 천 조각, 아니면 흙덩어리 같은 모습으로 축 늘어져 테이블에 달라붙고 말거든요.

언뜻 보기에 치키는 늘어진 코에 멍하니 벌어진 입 때문에 바보처럼 보이기는 하지만, 함부로 대하기 힘든 뭔가를 가지고 있습니다.

〈이번 일요일에 언니 남편은 또 출장을 가고 집에 없죠?〉

"아, 그럴지도 몰라."

〈언니, 드라이브라도 할까 생각하고 있죠? 음후후후. 좋겠네요.〉

"너, 정말 되바라진 애로구나."

그러면서 나는 치키의 머리에 알밤을 먹입니다.

결국, 그 일요일은 치키의 말대로 되고 말았어요.

우리는 호쿠세츠 산으로 갔지요. 그날, 남편이 차를 두고 갔기 때문에 호리 씨가 운전을 했습니다.

나는 왼손으로 치키를 받쳐 들고 창밖 경치를 보여주었습니다. 초가을, 아직 조금 더웠지만 바람 냄새는 완전히 달라져 있었습니다.

"정말 시원한 바람이네요."

치키는 시원한 바람을 맞으며 정말로 좋아했습니다. 물론 내가 내는 거지만, 치키는 정말 귀여운 어린애 같은 목소리로 말합니다.

〈배고파, 빨리 밥 줘!〉

"누구야, 누가 예의도 없이 그런 말을 하지! 그런 애는 데리고 오지 말았어야지" 하고 호리 씨는 야단을 치며 말합니다.

숲의 푸른색이 조금 엷어지고, 무성한 잡초도 어딘지 모르게 기세가 꺾인 듯합니다. 무엇보다 구름이 다릅니다. 부풀어 오르듯 가볍게 떠 있는 구름입니다.

강변에 수양버들이 늘어서서 멋진 그늘을 만들어내고 있었어요. 아직 시간이 좀 이르긴 하지만, 이곳을 지나면 갑자기 시야가 넓어지면서 거대한 주택 단지가 나타나지요. 그래서 우리는 이쯤에서 점심을 먹기로 했습니다.

낡은 테이블클로스를 펼치고, 호리 씨와 나는 도시락을 내려놓았습니다. 정사각형의 묵직한 도시락입니다.

"오, 오, 쩝쩝쩝…… 맛있겠다."

호리 씨가 일부러 혀로 소리를 냅니다.

내가 컵과 젓가락을 꺼내는 동안, 호리 씨는 또 치키에게 말을 겁니다.

"치키, 이런 데서 맛있는 도시락, 먹어본 적 없지?"

〈내 인생은 너무 어둡고 재미없었어…….〉

하기야 나도 마찬가지였어요.

이런 소풍은 지금까지 단 한 번도 해보지 못했죠. 남편은 비즈니스 동료들과 골프라는 소풍을 갔을 테지만요.

그리고 남편 혼자의 놀이를 바라보면서 나는 자신의 인생을 물에 물 탄 듯 시나브로 소비하고 있다고 생각했습니다.

고기 경단과 닭 꼬치, 샐러드, 매실 절임, 우엉 절임 같은 음식을, 호리 씨는 맛있게 먹었습니다.

여린 몸매에 안색도 나쁘지만, 내실이 튼튼한 사람인 듯, 호리 씨는 대단한 식욕을 보였습니다.

내가 만든 식사를 이렇게 맛있게 먹어주는 사람은 처음입니다.

'역시 젊은 사람은 달라.'

그런 생각이 들었어요. 호리 씨는 하숙집 밥이 너무 맛이 없어서, 오늘은 배가 터질 정도로 맛있게 먹었다고 만족스런 표정으로 말했습니다. 그랬더니 치키가,

〈배 터져 죽을 놈!〉 하고 외쳤습니다.

〈오빠, 이제 바랄 게 없죠.〉

"아, 더이상 바랄 게 없어."

〈늘 이런 식사를 하면 좋겠다는 생각 안 들어요?〉

"그럼, 들지."

호리 씨는 황홀한 표정으로, 머리 뒤로 두 손을 깍지 끼고는 자리에 벌렁 드러누웠습니다.

이따금씩 조금 떨어진 국도에서 차 소리가 들려올 뿐, 사방은 너무 조용했어요. 호리 씨가 다시 자리에서 일어나 치키를 무릎에 올리고 말합니다.

"치키, 너 어디 가서 내 마누라 좀 구해 와."

〈그런 게 어디 길바닥에 떨어져 있기라도 하대요? 스스로 찾아봐요.〉

"시끄러."

나도 너무 많이 먹어서, 기분이 좋았습니다.

늘 혼자서 식사를 하다보니, 조금 지나면 내가 뭘 먹었는지도 몰라요.

그리고 공기 좋은 곳에서 만족스럽게 먹고 멍하니 앉아 있는 게 이렇게 기분 좋은 일인 줄은 몰랐어요.

"달걀에 청대콩이 들었더라. 청대콩 달걀, 그거 참 맛있었어."

호리 씨는 치키에게 그런 말을 하고 있었어요.

"부추 넣은 달걀은 알고 있는데. 그리고 밥에 검은깨를 뿌린 것도 좋았어. 납작한 김밥은 보기에는 별로였어, 그렇지,

치키.”

〈응, 난 닭 꼬치가 맛있었어. 우엉 절임도 좋았고. 밥 이야기는 그만 하고, 이제 어디로 갈 건지 생각해봐.〉

“응, 어떡하면 좋을까? 치키.”

호리 씨는 유유자적하게 말합니다.

그런 모습이, 처형장에 있던 사형수의 맑은 눈을 떠올리게 합니다.

의외로 호리 씨는 선이 굵고 대담한 사람인지도 모릅니다.

〈이상한 데로 가면 앞으로 곤란한 일이 생길지도 몰라요.〉

치키가 외쳤습니다.

나는 여러 경우를 생각해보았어요. 호리 씨가 좋으니까, 어디든 좋다고 생각했지만, 한편으로는 그래서는 안 된다는, 어떻게든 서로에게 곤란한 일을 만들어서는 안 된다는 조심스런 긴장감이 일기도 했어요.

“그건 그래. 쓸데없는 걱정거리는 만들지 않는 게 좋아.”

호리 씨는 나의 관심을 끄는 그런 상대일까요?

흠.

내 마음을 끄는 뭔가가 있는 것만은 분명해요.

〈빨리 자리를 걷고 돌아가는 게 좋아!〉

"치키, 너 좀 조용히 못 하겠니!"

나는 웃으면서 치키의 머리에 콩, 하고 알밤을 먹였습니다.

〈자꾸 우물쭈물하면 어디로 가고 싶어지잖아!〉 하고 치키는 외칩니다. 정말 웃기는 앱니다.

그런 호리 씨가 좋아요. 정말 이상한 사람이에요.

그렇지만, 그런 사람을 별 생각 없이 애인으로 삼아버리면, 거기서 모든 게 끝나고 말 테지요.

나는 호리 씨의 손에서 치키를 빼앗아 듭니다.

〈맞아, 오빠. 같이 잔다고 무조건 다 좋은 건 아니라구!〉

호리 씨는 치키의 머리를 가볍게 때리고, 파란 하늘을 올려다보며 천천히 자리에 누웠습니다. 낮잠이라도 잘 생각인 것 같습니다.

눈이 내릴 때까지

정말 어두운 집이다. 문은 거의 썩었고, 입구는 마구 가지를 뻗은 나무에 가려 잘 보이지도 않는다. 정원의 돌은 이끼로 덮여 있고, 현관은 더 어둡다. 문패도 없다.

여자는 마흔 살 정도로, 평범한 주부처럼 보였다. 스웨터에 운동화, 하얀 양말.

이와코는 오바 씨를 만나러 왔다고 말했다.

"어서 오세요. 벌써 와 계세요."

여자는 억지웃음도 짓지 않고, 안온한 표정으로 조용히 말했다. 그래서인지, 어딘지 모르게 손님을 많이 대해본 사람이라는 인상이 들었다.

집 안은 안개에 젖은 강처럼 서늘했다. 지은 지 꽤 오래된 집 같았다. 복도는 어둡고, 문 닫힌 방에서도 인기척은 없다. 복도는 소름이 돋을 정도로 차가웠다.

여자는 갑자기 복도의 왼쪽으로 꺾어들더니,

"여깁니다" 하고 무릎을 꿇으면서, 방 안을 향해 말했다.

"오셨습니다."

여자는 정중하게 두 손으로 색깔이 바랜 칸막이 문을 열었다.

오바는 그 방에 앉아 있었다.

여자가 나가자, 이와코는 코트를 벗고,

"좀 늦어져서…… 많이 기다렸나요?"

이와코의 목소리는 늘 작다.

그녀가 근무하는 오사카 아즈치 마치의 포목점에서도 그런 말을 자주 듣는다.

그러나 맑고 잘 울리는 목소리인지라 작아도 사람들에게 불쾌감을 주지는 않는다. 그런 목소리가 오바 앞에서는 더 작아진다.

"아냐, 늦지 않았어."

착 가라앉은 목소리로 보아 꽤 오래 기다렸을 거라고, 이와코는 생각했다.

"정말 어두운 집이네요……."

"응, 그렇지만 음식이 맛있지. 두 번 정도 왔나, 자네에게도 꼭 이 집 음식맛을 보여주고 싶었어."

오바는 쉰한 살 난 남자지만, 탄력 있는 목소리에는 힘이 배어 있다. 노能 음악을 해서 그런지도 모른다. 노 모임에 이와코를 초대하기도 하지만,

"전, 그것만은 도무지……" 하고 사양한다. 오바는 아내와 다도를 배우고 있는 모양인데, 이와코는 다도와도 인연이 없다.

"교양이 없어서 죄송해요."

"그런 건 교양이 아냐. 진짜 여자의 교양이란, 자네처럼, 그걸 좋아하는 게 아닐까. 아니지, 그건 여자의 교양이 아니라, 인간의 교양이라고 해야겠지. 여유롭게 즐길 수 있는 자세야말로 인간이 갖추어야 할 교양이야."

"그렇지만, 전, 늙었어요. 마흔여섯쯤 되면 누구든 그렇게 되지 않을까요?"

"아니야. 그런 여자는 있는 것 같으면서도 없어. 전문업소에 가면 있겠지만, 돈이 마음에 걸리고, 여염집 여자는 세상의 윤리에 얽매여서 말이야……."

"후후후후."

"이와코뿐이야. 자네 같은 사람, 없어."

오바와는 겨우 일 년 정도 사귀었지만, 아직도 만날 때마다 가슴이 두근거린다. 오늘도 이와코는 오바의 첫 눈길이 닿는 그 순간부터 부끄러움을 느낀다. 미소를 머금은 오바가 응시하면, 자연스레 눈길은 아래로 깔리고 눈물이 나오려 한다. 기쁨과 부끄러움이 뒤섞이면서 다가올 시간에 대한 기대로 숨이 막힐 듯했던 기분이, 긴장을 견뎌내지 못하고 그냥 무너지고 만다.

'차라리 오지 말 것을…….'

그런 기분이 들 정도로, 혼란스럽다. 그럴 때, 이와코의 피부는 발갛게 물들어간다.

여위어 보이는 것은 이와코의 옷맵시와 몸짓 때문으로, 사실은 꽤 중량감이 있는 몸이다. 피부색은 자기처럼 차분하고 짙은 백색이다. 오바를 만날 때면, 그 촘촘하고 뽀얀 피부가 안쪽에서 불을 밝힌 듯이 요염하게 빛난다.

오바의 손길에 끌려 품에 안긴 이와코는,

"……아까 그 사람, ……오면 어떡해요" 하고 속삭인다.

"괜찮아. 여긴 뭐든 늦어. 몸을 좀 덥혀야지, 추워서 어떡해" 하고 오바는 웃음 띤 목소리로 속삭이듯 말한다. 방 안에는 자그만 전기스토브 하나가 있을 뿐, 난방 설비 자체가 없는 오래된 집이었다. 오바의 몸은 군더더기 살 하나 없는 근육질이다. 그 나이치고는 골격도 키도 꽤 크다.

"옛날에는 꽤 큰 편에 속했는데, 요새 젊은이에 비하면 아무것도 아니지."

그런 말을 한 적이 있다.

이와코는 오바의 가슴에 꼭 알맞게 파묻혀 늘 감탄한다.

'어쩜 이렇게 사람을 안을 수 있을까.'

포옹뿐만 아니라, 입술 위에 따스한 눈처럼 떨어지는 남자의 부드러운 입술도 어딘지 모르게 자신의 입술과 꼭 맞아떨어지는 것 같아서 감탄하고 만다. 몸이, 또는 인생의 틀이 잘 들어맞기 때문인지도 모른다. 오바의 몸은 딱딱하지만, 이와코에게는 하나도 딱딱하게 느껴지지 않았다. 팔도 혀도 입술도 한없이 부드러웠다. 남자의 몸이라는 느낌이 들지 않았다. 생명의 매끄러움 그 자체라는 느낌이었다. 몸 자체가 만족의 한숨인 것 같았고, 이와코는 그 한숨에 안겨 있는 것 같은 느낌에 사로잡혔다.

이런 느낌은 여태 자신을 거쳐 갔던 어떤 남자에게서도

느껴보지 못한 것이다. 오바를 만나기 이전에는 구노라는 서른여덟 살이나 된 남자가 있었다.

이와코는 십 몇 년이나 옷감 도매상에서 경리 일을 맡아 하고 있다. 삼사십 명 정도 일하는 가게로, 월급은 보잘것없지만, 가정적인 분위기라 좋았다. 이와코는 소박하고 수수한 분위기의 평범한 사무원으로 보인다. 그러나 그녀의 언니가 주장하듯이, 세상 사람들 눈에는 혼기를 놓친 음침한 올드미스로 보일지도 모른다. 그러나 그 방면에 노련한 남자라면, 이와코의 몸에서 뭔가가 발산되고 있다고나 할까, 자연스럽게 배어나오는 어떤 분위기를 느낄 수 있다. 그런 남자, 구노가 접근해 왔다.

이와코는 자신에게 뭔가를 느끼고 다가오는 남자만을 은밀히 가려서 사귄다. 결혼할 마음이 없으니 남자와 노는 게 얼마나 스릴 있고 재미있는지 모른다.

'일흔이든 여든이든 언제까지고 놀고 싶어.'

이와코는 그런 생각을 한다. 늙어서도 사랑에 목숨을 걸 수 있다는 생각을 하니 가슴이 뿌듯했다. 남자는, 이와코의 소중한 취미 중 하나다.

구노는 처음으로 이와코와 잤을 때,

"역시…… 내가 생각한 대로야" 하고 만족에 젖은 깊은 목소리로 속삭였다.

"뭐가요? 뭐가 생각한 대로예요?"

"피부. 당신 얼굴을 보고, 피부가 깨끗할 거라고 생각했지. 그리고 목소리."

"목소리?"

"응. 바람기가 든 목소리."

"……그런 말은 처음 들어요."

"바보들은 몰라. 아는 사람은 알지만."

"나, 특별히 요염하게 말하지 않는데……."

"아니야. 어떻게 말해야 좋을지 모르겠지만, 당신 목소리는 여러 가지를 상상하게 만들어. 여태까지 만난 여자들과는 뭔가 다른 것 같다든지, 어떻게 하면 좋아할까, 뭐 그런 고민을 하게 만드는 목소리야. 남자의 상상이란 모두 번뇌니까……."

"그렇지만 나, 인기도 없는걸요……."

"거짓말. 당신 바람기는 아주 세고 깊어. 아주 잘 익어서 맛이 깊은 과일 같아. 푹 고아서 진국만 남았다고 할까."

그 구노라는 남자는 멍청이였지만, 번뇌라는 말을 사용한 것과 '푹 고은 진국' 같은 분위기를 정확히 파악한 것만은 정말 대단하다고 이와코는 생각했다. 그러나 바람둥이는 깊이가 없다. 이와코는 금방 지겨워지고 말았다. 구노는 아직 푹 고아지지 못한 남자였다. 더 발효하고 숙성된 다음에 오라고 말해주고 싶었다.

사슴을 쫓는 사냥꾼은 산을 보지 않는다는 말이 있지만, 너무 바람만 피우다 보면 멋과 여유를 잃어서, 여자의 마음이 눈에 안 보이게 되는 건지도 모른다. 아니면, 그런 것도 천성에 속하는지 모른다. 그건 오바와 비교하면 뚜렷이 알 수 있다.

이와코는 구노와 대화를 나누어도 아무 재미가 없었다. 그냥 다리를 달달 떠는 버릇이 있는, 도심지에서 자그만 인쇄소를 경영하는 별볼일없는 남자에 지나지 않았다. 몸을 떨고 다리를 흔들면서, 몇 번이나 들어본 어느 종교단체의 내막에 대해 이야기한다. 구노의 어머니와 아내가 그 단체의 신자가 되자, 구노도 일거리나 받을 수 있을까 해서 그 단체에 가입했다. 그러나 그는 늘상 교주 헐뜯는 이야기밖에 하지 않았다. 구노에 대한 관심이 순식간에 사라졌다. 구노는 이와코를 재미 삼아 만나는 사람으로 생각했을지도 모르지만, 결국 이와코는 그런 구노를 차버렸다. 어떻게 보면 미남인 것 같기도 한 얼굴에, 테가 가느다란 안경을 끼고 어딘가 불량기가 감도는데, 구노는 그런 자신의 분위기를 자각하고 있는 듯했다. 그래서 이와코는 구노에게 흥미를 느꼈던 것이다.

그러나 그 모든 것도 오바와 비교하면 금방 색깔이 바래버린다. 지금 이와코는 오바에게 푹 빠져 다리를 버둥거리고 있다. 오바는 교토 구조에서 목재업을 하고 있다. 이와코는 한때, 교토까지 꽃꽂이를 배우러 다닌 적이 있었는데, 그 사가고류嵯峨御流의 꽃꽂이 교실에서 오바를 만났다. 그때 오바는 아내와 같이 참석했는데,

"아내가 꼭 가보자고 해서……"라고 말했다.

오바의 아내는 안경을 끼고 있었고, 밝은 성격에 볼이 통통하고 피부도 하얀 교토 미인으로, 부부 사이도 좋아 보였다. 교토의 꽃꽂이 교실에는 젊은 남자도 중년 남자도 많았다. 이와코는 스승의 권유로 교토까지 가긴 했지만, 점점 시간 내기가 힘들어져서 그만두기로 했다. 꽃꽂이를 생업으로 삼고 싶지도 않았고, 면허장을 시집가는 도구로 사용하고 싶은 생각도 없었던 이와코는, 그냥 즐거움을 얻기 위해서

였기에 배움을 시작하는 것도 그만두는 것도 자유로웠다.

"이제 오지 않으신다고요, 정말 섭섭합니다."

오바는 그렇게 말했다. 거의 일 년간 교실에서 얼굴을 마주할 때마다, 안녕하세요, 오늘 정말 덥네요, 춥지 않으세요, 그런 인사를 나누는 사이였다.

"또 만날 기회가 있었으면 좋겠습니다" 하면서 오바는 이와코의 두 손을 꼭 잡았다. 그날은 추웠다. 장갑을 끼지 않은 이와코는 오바의 두 손이 정말 따뜻하다고 생각했다. 그리고 두 손을 모아 기도하듯이 남자의 두 손이 자신의 손을 감싸는 경험은 처음이었다. 남자랑 많이 자보았지만, 두 손을 꼭 잡아주는 남자는 없었다.

그때도 정말 부드러운 남자라고 생각했다. 다른 차원에서 온 연체동물 같은 오바의 온기에 감싸여, 이와코는 자신에게 잘 맞는 남자라고 생각했다. 어딘지 모르게 '꼭 들어맞는' 듯한 느낌이 들었다.

그러나 그때만 해도 이와코는 오바와 사귈 생각은 없었다. 그로부터 일 년쯤 지난 어느 날, 지금 오사카에 왔는데, 라는 전화가 걸려왔다. 요코보리에 볼일이 있어서, 라는 오바와 미나미에서 만나 그날 밤부터 관계를 맺기 시작하여 지금에 이르렀다. 한 달에 한 번, 때로 한 달에 세 번 정도 만났지만, 자고 간 적은 한 번도 없었다. 벌써 일 년 반이나 지났다. '꿈같은 세월'이라는 말이 이와코의 가슴에 절절이 와닿았다.

십 년을 하루같이 경리 사무원 신분으로 은행에 가고, 전표 계산을 하고, 장부를 정리해왔다. 경리과에는 사장의 친척인 노련한 남자 직원이 한 명 있어서, 이와코는 아무런 책임도 없었다. 차를 끓이고 청소를 한다. 겸손하고 인상이 좋아서 손님들에게 인기도 있다. 간단히 말해, 누구든 편안히 대할 수 있는 회사의 아줌마인 셈이다. 늘 똑같은 헤어스타일에, 낡은 가방을 들고, 점심때는 직접 만든 도시락을 먹고, 전철을 타고 다닌다. 사기스에 있는 싸구려 연립주택에 살고, 복권은 늘 한 장만 사서 지갑에 넣고 다닌다는 사실을 회사 사람이라면 누구나 알고 있다. 잔업을 하라고 해도 싫은 표정 한 번 짓지 않고, 가게에서 배달시킨 우동을 국물까지 주욱 마셔버린다. 그런 다음, 그릇을 모두 개수대로 가지고 가 씻는다. 무슨 일을 해도 반드시 필요한 존재로, 포목점의 보물 같은 여자다. 때로 입사하는 젊은 여자는 결혼이니 뭐니 해서 금방 그만두지만, 이와코만은 '늘 그 자리에 있다'.

늘 그 자리에 있는 이와코를 보고 가게 사람도 고객도 모두 마음을 놓는다. 그런 존재다. 그래서 은행 창구에서,

"야마다케 포목점 고객님" 하고 부르는 소리에,

"예" 하고 일어서는 이와코를 보고서는, '꿈같은 세월'의 즐거움을 알차게 맛보고 있는 그 인생의 실상을 누구도 상상하지 못한다.

오바와의 관계를(이와코는 섹스라고 부르기 싫었다. 그게 뭔데, 하는 기분이다. 오히려 정분을 쌓는다는 말이 어울린다고 생각했다) 생각할 때마다 이와코는 슬픈 쾌락의 파도에 온몸이 흠뻑 젖어버리는 것 같은 기분에 사로잡힌다. 그럴 때면 '자궁의 위치를 안다……'는 느낌이 든다. 위장이 진짜로 있다는 것을 알게 해줄 만큼 맛있는 물이라는 말이 있다. 차가운 물이 몸속으로 들어가 위로 떨어져내리는 것을 뚜렷이 자각하는 것을 말한다. 그렇게 자궁의 위치를 느끼는 것이다. 초경이 빨랐던 이와코는 폐경도 빨랐다. 작년부터 그걸 잊어버렸다. 잊어버렸다는 말이 정확하다. 이와코는 옛날에 피를 흘리는 여자였다는 사실도 잊어버리려 하고 있다. 늘 속으로, '지금이 가장 좋아……'라고 생각하는 그녀이기에, 폐경이라고 해서 별다른 감상이나 감개도 없었다. 자궁을 들어

낸다 하더라도 그런 생각에는 변함이 없을 것이다. 이와코는 자궁이 어디에 있는지를 안다. 자궁은 현실 그 자체를 넘어서, 여자의 인생 그 자체인 것이다.

여자가 살아 있음을 증명하는 궁극적인 핵심.

오바와 자는 즐거움을 생각할 때마다, 극약을 품은 미지근한 물이 몸속을 천천히 흘러가는 듯한 느낌이 든다. 언제 그와 헤어질지 모를 일이지만, '좋은 사람을 만났어……'라는 생각만 해도, 그냥 웃음을 터뜨릴 것 같은 만족감에 사로잡힌다. 당연한 일이지만, 이와코는 오바와 결혼하겠다는 욕심은 없다. 오바에게 그런 생각이 없다는 것도 정말 좋다. 오바가 아내와 문제없이 잘 지내는 것도 좋다. 오바가 결혼한 남자라는 사실 따위는 은행 창구에서 십 년을 하루같이 '야마다케 포목점 고객님'이라 불리는 것과 똑같은 일이라고 생각한다. 그런 건 아무래도 좋다. 그것은 송금이나 입금을 하는 것 같은 일상사에 지나지 않는다.

"창을 열어도 돼요?"

이와코는 작은 목소리로 말한다. 한 번 입을 맞추기만 해도 얼음이 녹듯이 이와코는 오바에게 그냥 녹아들어버린다. 그리고 만날 때마다 처음 관계를 맺을 때처럼 부끄러움을 느낀다.

"자네는 연속편을 싫어하는 것 같아. 한 번으로 완결하고, 다시 새롭게 시작하는 사람이야."

오바는 언젠가 그런 말을 했다. 이와코 자신도, 왜 이렇게 깊이 빠져드는지 모르겠다고 생각해본 적이 있다. 스스로도 당황할 정도로 오바를 만날 때마다 부끄러움을 탄다.

"추울 텐데" 하면서 오바는 창을 열어주었다. 노송나무 잎과 삼나무 가지 사이로 아라시야마嵐山가 보이고, 하늘은 회색으로 물들어 있고, 암울한 짙은 녹색의 산자락 여기저기에 호랑이 가죽처럼 얼룩덜룩 물든 나무들이 서 있다.

"교토가 가장 추울 때, 교토에서 가장 추운 곳에 왔어."

오바는 웃었다. 이와코도 교토의 추위가 유쾌했다. 칼도 차가운 물로 숫돌에서 갈면 그 날이 거울보다 더 빛난다는 말이 있지 않은가. 교토의 추위는 마음을 맑게 해줄 정도로 상쾌하다.

아까 방을 안내해준 여자가 문을 두드렸다. 차를 가지고 온 것이다. 오바의 말대로 한참이나 지난 후였다. 달콤한 찰떡이 곁들여 있었다. 여자가 가고 난 후, 이와코는,

"이건 '후카'겠지요. 사와라기초 거리에 있는……."

"그럼, 그럼. 댓잎으로 싼 거지. 좋아해?"

"그럼요. 좋아하죠."

댓잎을 벗겨내자 매끄러운 찰떡은 차갑고 향기로웠다. 혀의 풍운風韻을 즐기라고 댓잎으로 감싸놓았다.

"정말 좋은 향기네요."

"구라마鞍馬 산 깊은 곳에서 나는 댓잎이지. 이 주변에는 이렇게 향기로운 댓잎이 없으니까."

실내에는 인기척이라고는 없고, 소리 하나 들리지 않는다. 때로 마츠오 쪽으로 달리는 열차 소리만 들려온다.

"여기, 요정인 것 같은데, 간판이 보이지 않았어요."

"모르는 사람은 들어올 수 없는 곳이야. 하루에 두 팀 정도 받으니까. 아는 사람만 오지. 아는 사람이 소개해주지 않으면 예약할 수도 없어. 여기서 잘 수도 있어. 대낮부터 목욕할 수도 있고. 귀신 나올 것같이 낡은 욕실이지만……."

"어떤 사람이 오나요?"

"우리 같은 사람. 유명한 사람도 꽤 오는 모양이야. 교토는 그 깊이를 가늠하기 힘들어. 이런 곳이 많으니까."

"그런 걸 어떻게 그리도 잘 알아요?"

"이런 곳을?"

"아니에요. 이런 데 같이 오는 여자."

"여태까지는 그랬지. 지금은 이와코 하나뿐이야. 몇 번이나 말했듯이."

"그 말을 듣고 싶어서 앞으로도 계속 물을 거예요."

"이런 귀염둥이."

오바는 웃으면서 시계를 보았다.

"배고프지?"

"예. 맛있는 거 먹고 싶어요."

"여기 오면 모든 게 천천히 움직여. 이런 버릇은 빨리 고쳐야지, 나도 모르게 시계를 보고 말았으니."

오바는 생각보다는 대범하고 느긋한 남자인데, 그런 그조차 서두르는 듯이 여겨질 정도로 이 집은 모든 서비스를 천천히 진행시키는 것 같았다.

"시간 괜찮아요?"

"응. 오늘은 괜찮아. 천천히 보내도 돼. 자네는 바쁘지 않나?"

이와코의 가게는 얼마 전부터 토요일에 오전만 근무한다. 그래서 교토에서 천천히 시간을 보내고 싶을 때는 토요일로 약속을 잡는다. 오바는 밤이나 일요일에는 바깥출입을 하지 않는다.

"일을 다 봤어요. 외출하는 길에 사람을 벌써 만난걸요."

어제저녁, 언니가 전화로 혼담이 들어왔다고 말했다. 이와코는 결혼할 생각이 없다고 했지만, 언니는 고집 부리지 말고 한번 만나보라고 성화를 부렸다.

"지난번처럼 그렇게 옹고집을 부리면 말도 붙일 수 없잖니. 사람의 호의는 일단 받아들이고 볼 일이야."

설교까지 하고 나섰다.

"사진이라도 한번 보지 않을래?"

"미안하지만, 나, 봐도 소용없을 것 같아."

"내일, 회사 가까운 곳으로 갈 테니까, 근무 끝나고 만나."

언니가 그렇게 제멋대로 약속을 정해버리면, 이와코는 가게 가까운 찻집에서 언니를 만나야 한다. 언니의 기분이 상하지 않도록 조심하면서 거절할 테지만,

"남편 공장의 단골 거래처인데, 작년에 부인이 세상을 떠났대. 할머니와 딸 둘과 같이 산다고 해. 딸 둘은 곧 시집을 간다고 하니까. 너도 혼자서 나이를 먹으면 불안하잖니. 여기서 큰맘 먹고 결혼해. 돈도 많은 사람이야."

"나, 돈 같은 건 필요없어. 앞일도 걱정하지 않아. 일도 못

할 정도로 늙으면 노인시설로 들어가지 뭐."

"그렇게 될까?"

"내 맘이야. 난 도저히 다른 사람 집에 들어가서는 못 살아. 미안해, 언니."

"정말 답답하네. 좋은 자리인데. 나이는 쉰셋. 혈압이 조금 높은 것 빼고는 건강한 사람이야."

"나, 어수룩하잖아. 음식도 못하고. 결혼해서 남편 모실 자신 없어."

그리고 전화를 끊었다.

이와코는 음식도 잘 만들고, 집안일도 잘하지만, 누군가를 위해 그렇게 할 생각은 없다. 오바를 자신의 방으로 데리고 갈 생각도 없었다. 오바를 위해서 밤참을 만들거나, 아침에 된장국을 끓인다는 생각은 해보지도 않았다. 부인 행세를 한다든지, 결혼하고 싶다든지 하는 생각도 꿈에서조차 해본 적 없다.

언니는 미래의 불안을 강조하지만, 이와코는 옛날에 아버지에게서 물려받은 유산을 아직도 잘 간직하고 있다. 경리부 남자는 주식으로 돈 버는 이야기를 좋아해서, 좋은 건이 있을 때마다 가르쳐준다. 그 덕분에 이와코는 자연스럽게 자금 운용법을 배웠다. 은행 융자를 내 아파트를 한 채 샀고 거기서 월세를 받고 있다. 하루의 반을 바깥에서 생활하는 이와코에게는 그 아파트를 쓸 이유가 없었다. 또, 월세를 받으면 이자를 갚고 저축도 할 수 있다. 언니와 동생들에게는 말하지 않았다. 이와코짱, 돈 좀 모았겠지, 하고 형제들이 가끔씩 묻지만, 돈 쓰는 데 인색한 이와코의 생활을 보고는, 벌써 유산을 다 날린 모양이라고 생각한다. 건축 자재점을 운영하는 남동생도 얼마 전부터는 돈 빌려달라는 소리를 하지 않는다.

그러나 이와코는 얼마 전의 주식 붐에 편승하여 돈을 좀 벌어서 재산을 두 배로 불려놓았다. 하지만 그렇게 모은 돈으로 자신의 가게를 낸다든지, 장사를 해서 돈을 더 벌어보겠다는 생각은 아예 하지도 않았다. '야마다케 포목점'이 망하지 않는 한 조용히 사무원으로 자신을 숨기며 살아갈 생각이다. 오바도 이와코에게 그런 능력이 있다고는 절대 생각하지 않겠지만, 그런 데서 비롯하는 자신감이 이와코를 한층 매력적으로 보이게 하는지도 모른다.

이와코는 자기 재산에 대해 오바에게 말하지 않듯, 자신이 끊임없이 몸에 신경을 쓰고 가꾼다는 사실도 말하지 않았다. 건강한 이를 가졌지만 이에다 돈을 투자하고, 사우나와 마사지 숍에도 자주 들러 몸을 가꾼다. 나이에 걸맞게 늙는 건 어쩔 수 없다. 이와코는 남의 눈에 띄지 않으면서도 늘 산뜻하게 몸을 단장한다. 매일 밤, 약간의 술을 마시는 것도, 일본주가 피부에 윤기를 더해준다는 말을 들었기 때문이다. 그러나 술보다, 다른 그 무엇보다, 여자의 피부에 윤기를 더해주는 것은 남자다. 이와코는 한 번도 결혼하지 않았지만, 결혼에 대한 꿈을 갖지 않는다. 결혼에 대한 꿈을 품지 않게 되자, 머리에 구멍이 뚫린 듯이 자유로운 기분이 들었다. 그러나 그런 즐거움을 다른 사람에게 고백하지 않는다.

이윽고 상이 차려졌다. 땅 두릅과 다랑어를 된장으로 절여 구운 것, 거기에 새우과 백어白魚, 석이가 곁들여져 있다.

그리고 또 한 가지,

"뜨거우니까요……" 하고 여자가 내려놓은 것은 도미 요리였다. 형형색색의 문양이 새겨진 화사한 도자기 냄비에 무청과 도미가 무럭무럭 김을 피워내고 있었다.

"이건 몸을 따뜻하게 해주지."

오바는 환한 미소를 지으며 이와코에게,

"자, 먼저" 하고 잔을 내밀었다.

속이 들여다보일 듯이 투명한 청자 술잔에 엷은 황금색 술이 가득 차고, 이어서 이와코도 오바에게 술을 따른다. 이와코는 방긋 웃으며,

'아아, 앞으로 몇 번이나 이런 행복을 누릴 수 있을까' 하고 술을 마시고,

'지금 바로 죽는다 해도 더 바랄 게 없어'라고 생각했다.

이와코는 구노를 만나기 전에 젊은 남자를 사귀었지만, 그 남자도 구노처럼 자신과 리듬이 잘 안 맞았다. 다만, 참을 수 없는 젊은 혈기에서 나오는 거칠고 힘찬 약동과 격렬한 움직임만은 마음에 들었다. 그러나 그것 빼고는 도저히 어찌해볼 도리 없는 풋내기였다. 일이 끝난 후 말없이 옷을 입는 그 청년을 바라보면서 이와코는,

'저 텅 빈 깡통 같은 머리로 뭘 생각할까?' 하고 걱정하기도 했다.

오바를 만난 이후로, 그런 아쉬움은 하나도 없다. 이가 시릴 정도로 차가운 새우 한 조각을 혀에 올렸다.

"……오, 바로 이 맛이야."

오바는 기뻐하며 미소 짓는다.

"정말 자네하고 비슷한 맛인걸."

"뭐가요?"

"이와코를 먹고 싶어……. 맛이 비슷해, 그쪽하고."

"싫어요!"

그러나 이와코는 음탕한 그런 말들이 너무 즐겁다.

"술을 마셔야지. 이건 후미 특산주라구."

"요리가 또 나오지 않아요?"

"오긴 하지만, 올 때까지, 시간이 있어. ……천천히 하지 뭐. 오늘 밤은 천천히 즐길 수 있으니까. 복도 저편에 자리를 마련해두었어."

이와코는 술에 취해서 오바의 말을 못 들은 척했다.

"여기 참 조용하네요."

다시 창문을 열어보았다. 나뭇가지가 무성하여 길은 보이지 않지만, 이런 추위에 관광객이 걸어다닐 리 없을 것이다. 얼어붙은 구름 낀 하늘이, 벌써 저녁나절임을 알리고 있었다.

오바는 마루 쪽의 벽걸이를 보고,

"어느 승려가 쓴 글이라고 해. 저 승려는 자신만의 방식으로 글자를 저렇게 자유롭게 쓴 거지."

"백운白雲이 뭐라고 쓴 건가요?"

"그 아래에 남산嵐山이 어떻고, 그렇게 쓴 것 같은데."

오바는 부모님의 강요로 서예도 공부했는데, 체질에 맞지 않았다고 했다.

“저도 좀 해봤지만, 제게는 맞지 않는 것 같았어요. 도무지 마음이 안정되지 않았거든요. 아마 집중이 잘 안 되는 성격이라서 그런지 모르겠지만, 선생님 글자를 그냥 베끼듯이 쓰는 게 너무 바보 같고, 짜증이 나고, 화가 나서 따라갈 수가 없었어요.”

이와코가 그렇게 말하자 오바는 웃었다.

“정말 그래. 서예에는 그런 점이 있어. 서예란 기력이 충만하고 도전적인 기세가 일어날 때 가능한 예술이니까. 이와코를 생각하면서 멍하니 있을 때 쓸 수 있는 게 아니거든. 나는 아직도 졸필이라 남 앞에서 붓 들기가 부끄러울 정도야. 서예를 하면 화가 난다는 것을 알게 됐어.”

“그림이 좋은 것 같아요. 나, 수채화 교실에 가서 마음껏 물감으로 황칠을 해요. 아무 생각 없이 즐길 수 있거든요.”

“그럴지도 모르지. 하이쿠 모임에도 나가본 적 있어. 식은 땀을 흘리면서 머리를 짜냈지. 잘 쓰면 잘 쓰는 대로 힘들고, 서투른 초보는 초보 나름대로 힘들어. 그런 하이쿠보다는 남녀의 연애에 관련된 음담패설이 더 재밌어.”

카메라에도 취미가 있는 오빠는 골프를 그만둔 이후로 오히려 더 바쁘다고 했지만, 지금은 오로지 이와코만을 바라보며 살아간다고 했다.

이와코는 그런 말을 들을 때마다 말없이 미소를 지었지만, 속으로는 신경을 곤두세우고 그 말을 가슴속에 새기고 있다. 늘 이번이 마지막이라 생각하고 오빠를 만나기 때문에, 그다음에 만났을 때는 꿈처럼 달콤하다. 오빠에게는 말하지 않지만, 이와코는 마음속으로,

'우리는 마치 동반자살을 약속한 전날 밤의 남녀 같아……'라는 생각을 하며, 온몸으로 그 시간을 즐긴다. 그렇게 즐길 수 있는 상대를 만난 자신의 행운이 너무 고맙고 즐거웠다. 다가올 시간에 대한 기대를 품은 채, 이렇게 두서없는 잡담을 나누는 둘만의 시간이 너무 좋다.

천천히 먹었는데도 다음 요리가 나오지 않는다. 오빠는 무덤덤하게,

"안달을 하면 안 돼. 사람 손이 부족하면 이렇게 돼."

이와코는 화장실에 들어갔다. 오빠가 말한 복도 건너편 방은 닫혀 있었다. 살짝 문을 열어보았더니, 예스런 분위기의 휘장이 드리워져 있고 그 건너편에 이불이 깔려 있는 것

같았다. 이렇게 은밀하게 손님을 맞이하고 보내는 요정이 있을 거라고는 상상도 못 했다. 오바와는 여태까지 시내의 호텔에서 만났기 때문이다.

측간이 억지로 화장실로 변한 듯한 곳으로, 실내라고 믿기 힘들 정도로 추웠다. 창에서 바라보니 아라시야마 한쪽에 하얀 무늬가 드리워져 있다. 이와코는 볼일을 보면서, 문득 미노오에 있는 부동산업자에게 내일 전화해야겠다고 생각했다. 아주 괜찮은 매물이 나왔다는 말을 들었기 때문이다. 그러나 돈벌이는 이와코의 꿈이 아니다. 그렇다고 남자에게 돈을 마구 들이고 싶은 마음도 없다. 돈은 소중한 것이다. 철공소를 하는 남편에게 시집가 금속 찌꺼기를 마구 뒤집어써서 피부가 거칠어진 언니를 보면, 의지할 데라고는 돈밖에 없다고 마음을 다잡곤 한다.

돈으로 남자를 사고 싶지도 않다. 데이트 비용을 여자에게 내게 하는 남자는, 이전에 사귄 연하남으로 충분했다.

돈에 관해서만은 오바에게조차 마음을 허락하지 않을 생각이라, 이와코는 자신의 재산에 대해선 한마디도 하지 않는다. 만일 오바가 빌려달라고 하면 빌려줄지도 모른다는 생각이 들지만, 그건 어디까지나 상상에 지나지 않는다.

결코 그런 일은 없을 거라고 생각한다. 그것은 이와코의 미학에 맞지 않다. 물장사를 하거나, 보다 성적인 직업을 갖는 것보다도 더 남자에게 공헌하는 자신의 모습을, 이와코는 상상할 수 없었다. 그것은 오바를 좋아하는 것하고는 차원이 다른 문제였다.

"봐…… 눈이 내려. 왠지 춥다고 했지."

식사를 마치고 목욕하고 나니 벌써 다섯 시가 넘었다.

오바가 유카타를 걸친 채 창문을 열고, 여자 같은 부드러운 음성으로 말했다. 휘장이 쳐 있는 방은 더 고색창연하여, 난간도 연기에 그을린 듯 까맸다. 이 방에서는 울창한 나무들이 창을 가로막고 서서 아라시야마는 보이지 않는다. 우듬지 사이로 눈이 내려오고 있다. 벌써 어둠이 내리기 시작했다.

오바는 옷자락이 바닥에 닿아서 더 멋있어 보인다. 집에서도 자주 이런 차림을 하는지도 모른다. 배가 불룩 튀어나왔고, 엉덩이는 착 올라붙어서, 허리띠를 졸라매면 멋진 몸매가 부각될 것 같다. 이와코는 먼저 이불에 들어가, 뒤에서 오바의 모습을 감상했다. 비와 호반의 호텔이나 오사카의 로열 호텔에 오바와 함께 들어간 적이 있었다. 그때마다 이와코는 '언제 헤어져도 좋아……'라는 생각을 하면서 철저히 즐겼기 때문에, 지금 만나고 있으면서도 마치 그가 먼 과거의 존재처럼 느껴진다. 생기도 없는 미래까지 같이 가고 싶지는 않다. 이와코는 '구회일처(俱會一處, 아미타불이 있는 정토에서 만나는 것—옮긴이)' 할 생각은 없다.

인간이란 죽으면 모두 제 갈 길로 간다고 믿는다.

"자네는 연속편을 싫어하는 것 같아. 한 번으로 완결하고, 다시 새롭게 시작하는 사람이야."

오바가 그런 말을 한 적이 있는데, 맞는 말인 것 같다.

이와코는 강하고 끈적한 눈빛으로 오바를 바라보고 있다. 영악하고 옹골찬 눈길이다. 오바의 조심스런 손길과 뜨거운 호기심을 좋아하는 눈길이다.

오바가 따스한 이불 안으로 들어왔다.

옷을 벗기려는 오바의 손길이 닿을 때마다 이와코는 늘, 처음인 듯 가슴이 두근거린다. 자신이 지금 뭘 하는지도 모른 채, 오바의 손목을 잡고 그 손짓을 막으려 한다.

"여기 말이야……."

오바는 음란스러울 정도로 부드러운 목소리로 이와코의

머리 위에서 말한다. 손가락은 이와코의 부드러운 계곡 부근을 더듬어 간다.

"하얀 게 나타나기 시작하면, 남자와 여자는 진짜로 즐길 수 있는 거야. 이제부터라구. 앞으로 더 즐겨야지……."

앞으로 일은 모른다. 이와코는 이제야 오바가 유카타를 벗겨도 가만히 있을 수 있다. 몇 번을 반복해도 익숙해지지 않는 이 분위기, 이 수치심에 이와코의 목은 바싹 말라간다. 눈 내리는 소리가 들려오는 것 같다.

차가 너무 뜨거워

칠 년 만에 만난 요시오카는 안경을 쓰고 있었다. 세월에 늙어 노인처럼 변해버린 건 그렇다 하더라도 안경이라니, 깜짝 놀라고 말았다.

"자기, 안경 썼어!?"

아구리는 저도 모르게 외쳤다.

"그러게 말이야. 괜찮았는데, 작년부터 갑자기 눈이……."

요시오카는 어딘지 모르게 인상이 변해 있었다. 청년에서 장년으로 접어든 그런 변화만은 아니다.

남자란 이렇게 갑자기 늙어버리는 걸까.

요시오카는 아직 서른여덟이 아닌가.

"헤헤, 헤헤헤헤……."

머쓱한 웃음을 흘리면서 요시오카는 구두를 벗었다.

"저, 들어가도 돼? 정말 좋은 아파트네…… 빌린 거야? 샀어?"

그렇게 말하면서 벌써 안으로 들어와 있다.

"아, 이런 걸…… 어떻게 사겠어, 세든 거야…… 이쪽으로 와."

아구리는 바깥 복도에 면한 방으로 요시오카를 안내했다. 이름 하나는 그럴듯하게 응접실이지만, 일 때문에 찾아오는 사람들과 만나는 곳이라 살풍경하다. 텔레비전 방송국이나 영화사 관계자들이 퍼질러 앉아 몇 시간이고 담배를 피워대는 통에 하얀 벽이 누렇게 변해버렸다. 섣달 그믐날에 단 한 차례 청소를 하긴 하지만, 걸레까지 누렇게 변하고 끈적끈적해질 정도라서, 아구리는 아예 깨끗하게 단장할 기분이 나지 않았다. 그런 응접실 분위기에 맞게 싸구려 세트를 들여놓았다. 벽에는 그림 하나 없이 달력 하나만 덩그러니 걸려 있는데, 그 달력이란 놈도 찾아오는 손님이 메모지 대신에 뭔가를 적어 넣기도 하고, 매직으로 마구 지우기도 하고, ○나 ×를 잔뜩 쳐놓아서 엉망이다.

아침 드라마를 쓸 당시에 젊은 주연 여배우가 찾아와서

“선생님, 너무 살풍경하잖아요. 이거라도 두세요” 하고 꽃병을 두고 갔다.

아구리는 사이드보드 위의 그 꽃병에 막 꽃을 꽂아둔 참이다.

일 때문에 찾아오는 손님이라면 이러지도 않을 것이다.

요시오카는 특별한 손님이다.

옛날 애인이니까, ‘꽃이라도……’ 하는 생각이 들었다.

아니, 사실은, 꽃을 꽂은 꽃병을, 여기가 아니라 안방으로 옮겨서, 요시오카를 그곳으로 안내할까 생각도 했다.

햇빛도 잘 들고, 멀리 산도 보인다. 예쁜 커튼도 있고, 멋진 가구도 있다.

그러나 아구리는 갑자기 마음을 바꾸어 이 살풍경한 응접실로 요시오카를 들이기로 했다.

요시오카는 감색 폴로셔츠에 하얀 면 상의, 구깃구깃한 바지 차림이었다. 얼굴이 늙고 찌들어서 그런지 세련된 면 옷의 멋이 제대로 살아나지 못하고, 오히려 후줄근한 분위기를 자아낸다. 생활이 어려운 걸까. 옛날의 느긋한 분위기는 사라지고 없지만, 사람의 마음을 끄는 푸근한 느낌은 아직도 웃음 띤 얼굴과 밝은 말투 속에 그대로 남아 있다.

'이게 이 사람의 대단한 점이야.'

요시오카는 그런 좋은 인상과 분위기로, 그 시절에는 여자들에게 인기도 많았다.

"하아…… 이런 데서 작업을 하는구나."

요시오카는 자리에 앉으면서 신기하다는 듯 주위를 둘러보다가, 장식이라고는 하나도 없는 공간에 조금 당황하는 것 같았다.

"여긴 응접실이야. 작업은 안방에서……."

"바쁘겠다, 인기 있는 드라마 작가니까. 많이 벌어?"

"그냥 그래."

"너무 유명해져서 가까이 가기도 뭐하네, 아구리…… 이름 불러도 될까, 아구리."

아구리는 풋, 하고 웃으며 요시오카의 맞은편 의자에 앉았다. 구석에 텔레비전이 놓여 있고, 텔레비전 받침대 옆에는 시청률이 높았던 아구리의 드라마가 받은 방송국 본부장 상장이 놓여 있지만, 아구리가 일부러 뒤집어놓아서 사람들은 그게 뭔지 모른다.

요시오카는 허리를 요리조리 비틀어 고쳐 앉더니 입을 열었다.

"정말 오랜만이야. 무슨 말부터 해야 할지…… 몇 년 만이지?"

"육칠 년 정도?"

말은 그렇게 했지만 아구리는 정확히 칠 년 전에 헤어진 것을 또렷이 기억하고 있다.

뜨거운 물이 든 포트가 사이드테이블 위에 있다. 아구리는 포트를 들고 찻잔에 물을 따르면서 말했다.

"무슨 바람이 불었어? 갑자기 전화를 다 하고. 사람 놀라게."

"헤헤, 헤헤헤헤……."

요시오카는 여윈 탓인지 얼굴이 더 작아진 것 같고, 웃으면 원숭이처럼 얼굴에 주름이 잡혔다. 아구리는 너무 많이 변해버린 그 얼굴을 보지 않으려고 눈길을 돌리고 말았다. 아구리는 남자의 몸도 뚜렷이 기억하고 있다. 목덜미에서 어깨로 흐르는 선을 감싸듯 쓰다듬던 손바닥의 촉감도 아직 기억 속에 남아 있지만, 옛날의 연정은 어느덧 색이 바래버렸다.

'그런 때도 있었나……' 하는 어렴풋한 향수 같은 감정만 남았을 따름이었다.

잊혀져가는 노래가 끊어질 듯 들려오는 오르골 같다고나 할까. 일주일 전, 오랜만에 목소리를 들었을 때가 오히려 가슴이 뛰었다.

밤 여덟 시에 전화벨이 울렸다.

“저, 다카오 아구리 씨 댁이죠? 〈엄마는 욕심쟁이〉를 쓴…….”

남자 목소리였다. 시청자들 중에는 어디서 조사를 했는지, 그렇게 전화를 걸어오는 사람이 있는 법이라, 아구리는 무덤덤한 목소리로 대답했다.

“그런데요.”

개중에는 작품에 대해 욕을 하는 사람도 있다. 〈엄마는 욕심쟁이〉는 아구리가 모자 가정을 소재로 쓰고 있는 연속극으로, 제목이 시사하듯 유머 넘치는 이야기다.

“아, 아구리…… 씨 목소리 맞네. 나, 알겠어?”

“누구시죠?”

“모르겠어? 저…… 나, 요시오카.”

이름을 듣기 전에 아구리는 벌써 알았지만, 가슴이 덜컹해서 모른 척했다. 아마 조건반사로 가슴이 덜컹했을 것이다. 옛날의 버릇이 그냥 나온 건지도 모른다.

"갑자기 미안해. 바빠?"

"응, 바빠. 무슨 일?"

일을 할 때의 아구리는 늘 그런 식으로 응대하는 게 버릇이지만, 요시오카는 그런 냉랭한 대답에 당황한 듯했다.

"바쁜데 정말 미안해. 할 이야기가 좀 있는데, 만날 수 없을까?"

"언제?"

"그건 그쪽 형편에 맞춰서. 당신, 정말 유명해졌더라, 정말 말하기 힘드네……. 시간 날 때 좀 만나주지 않을래."

그 '좀 만나주지 않을래'라는 말은, 남의 입장을 생각해주면서 뭔가를 부탁하는 말투다. 그런 어법이 옛날하고 똑같아서 너무 이상하기도 하고, 반갑기도 했다.

"좋아, 그렇지만 이번 주는 안 되겠어. 너무 바빠서."

"그럼, 언제가 좋을까?"

"다음 주 수요일밖에 시간이 없는데."

"좋아, 몇 시?"

아구리는 요시오카가 일을 가지고 있을 테니 낮 시간은 적당하지 않을 거라 생각했지만, 밤에 만나기는 싫었다. 옛날에 헤어진 애인이 무슨 생각으로 만나자는지도 모르고,

또 밤에 만나면 음식을 먹고 술 마시는 분위기로 흘러갈지도 모를 위험이 있을 것 같아서였다. 아구리는 요시오카와 옛날의 관계로 돌아가기 싫었고, 전화를 통해서였지만 안 좋은 느낌도 들었다.

요시오카는 부모에게 회사를 물려받았지만, 고작 이 년 만에 도산하고 말았다. 뭔가 부탁을 하려는 것 같은 느낌이 들었다. 서른두 살 노처녀의 경계심이다.

"오후 두 시, 어때?"

아구리가 말했다. 요시오카는 금방 대답했다.

"응, 좋아. 그쪽으로 가도 돼?"

"응, ……무슨 이야기?"

"아, 그건 만나서 말하지. 그건 그렇고, 정말 오랜만에 자기 목소리 들어보네. 하나도 안 변한 것 같아. 몇이지, 올해?"

"몇이면 어때!"

"아, 미안. 정말 오랜만이야, 그 목소리. 목소리만 들어도 만족이야, 혹시 만나주지 않을지도 모른다는 생각이 들어서 그냥 목소리만 들어보려 했는데. 정말 기분 좋아, 고마워."

전화를 끊고 나자 '정말 기분 좋아, 고마워'라는 목소리가 귀에 맴돌았다. 가슴이 두근거렸다. 오랜만에 느껴보는 감정이었다. 작년에 드라마에 조연으로 출연하는 남자 탤런트와 친해져서, 오사카에 올 때마다 서로 만나서 식사를 하는 사이가 되었지만, 그 이상 진전은 없었다. 좀 더 적극적으로 나가면 관계가 깊어질지도 모르지만, 아구리는 신중했다. 연애나 정사보다는 일이 더 재미있었기 때문이다. 삼사 년 전에 텔레비전 방송국에서 일하는 남자와 사랑에 빠졌지만, 그가 나고야 쪽으로 전근을 가고, 아구리는 일에 쫓기다 보니 어느샌가 관계가 끊어지고 말았다. 지금 아구리는 자기 일에 대해 충족감을 느낀다. 그런 그녀에게 옛날 애인이 '정말 기분 좋아, 고마워'라고 말했다. 절절이 가슴에 스미는 목소리였다.

'그런 사람이었어' 하고 마음속으로 되뇌어본다.

'그 사람은.'

정말 제멋대로였다. 아구리와 결혼하겠다고 해놓고 다른 여자와의 혼담을 동시에 진행시키고 있다가, 아무렇지도 않은 표정으로,

"역시, 그거, 안 되겠어, 나."

"그거, 라니, 뭐?"

"결혼 말이야, 우리."

"엣!"

아구리는 깜짝 놀랐다.

"그런 중요한 일을, 아무렇지도 않게 역시, 그거, 안 되겠어, 라고 말하는 사람이 어딨어!"

참 이상한 일이지만, 그래도 밉지가 않는 사람이었다.

"용서해줘, 미안해" 하고 말하면, 힘이 쭉 빠져버려 욕도 할 수 없다.

"정말 미안하게 생각하고 있어."

아구리는 그즈음 시청에 근무하고 있었는데, 실연의 상처를 견디느라 아침에 일어나기도 힘들었다. 직장을 그만두면 먹고살 길이 막막해지니까 억지로 일어나서 일을 했다. 그래도 원망하거나 미워할 수 없었다. 부모님 그늘에서 벗어나지 못한 요시오카는, 부모님이 진행하는 혼담에 가슴을 졸이면서도 아구리와의 관계를 끊지 못하고 있었던 것이다.

그런 주제에,

"어떤 여자?" 하고 아구리가 물으면,

"응, 미인이야" 하고 아무렇지도 않게 대답했다. 아구리는 그 자리에서 찔러 죽이고 싶었다. 그러면서 요시오카는,

"나, 정말 괴로워. 아침에 눈을 뜨면, 모든 게 꿈이고, 내 옆에 있는 사람이 아구리라면 얼마나 좋을까 하고 생각하면 눈물이 나" 하고 정말로 눈물을 흘리며 울었다.

"나, 정말 괴로워."

아구리는 그 한마디에 요시오카를 용서하고,

"어쩔 수 없지 뭐……" 하고 조용히 물러났다. 중절 수술도 한 번 했지만, 그래도 아구리는 요시오카를 미워할 수 없었다.

텔레비전 방송국에 다니는 애인은 요시오카 이야기에 배를 잡고 웃었다.

"괴상한 사내로군. 아버지의 뜻을 거역할 수 없어 의리와 인정 사이에서 울어야 했다니, 이건 완전 코미디잖아. 멍청한 놈."

그 후로 무슨 일이 있을 때마다 방송국 애인은,

"나, 정말 괴로워" 하고 야유하듯이 말했지만, 아구리는,

"정말 웃겨, 어느 쪽이 멍청인데, 처자식까지 거느린 주제에 나 같은 애인을 두고도 문제 하나 일으키지 않는 이중인격자. 그게 그거지 뭐" 하고 방송국 인간에게 오히려 더 화를 냈다.

정말 궁합이란 게 있는지도 모른다. 노골적이고 격렬한 방송국 남자와의 섹스보다는, 연애 감정이 넘치고, 부드러우면서도 찡하게 여운을 남기는 요시오카와의 섹스가 더 좋았다. 그런 추억이 길게 꼬리를 남기면서 집착인지 미련인지 모를 연모의 감정이 요시오카라는 기억 속에 떠돌게 되었는지도 모른다.

그리고 아구리는, 방송국 남자에게는 고백하지 않았지만, 요시오카가 중소기업 사장의 아들이라는 사실에도 관심이 있었다. 종업원 2백 명 정도의 회사였던 것 같은데, 히가시요도가와 구의 그 공장 앞을 요시오카의 차를 타고 지나간 적이 있었다. 긴 벽을 손가락으로 가리키며 요시오카가 "여기가 우리 공장"이라고 했을 때, 아구리는 온갖 상상의 나래를 펼쳐보았다. 아구리 나름대로 이해득실을 따졌던 것이다. 약간의 불순한 계산이 작용했기에, 신이 벌을 준 건지도 모른다. 그래서 아구리는 내심 요시오카만 비난할 수 없다는 생각을 했다.

그렇지만 오랜만에 전화로 들은, '정말 기분 좋아, 고마워'라는 말과 '나, 정말 괴로워'라는 옛날의 기억이 겹쳐서, '그런 사람이었어'라는 호의적인 혼잣말이 나온 것이다. 요시오카는 분명 진심으로 그렇게 말했을 것이다. 그런데, 이제 와서 무슨 할말이 있다는 걸까?

오랜만에 들은 전화 목소리에 옛날 추억을 떠올리다보니 너무 후한 점수를 주고 만 것 같다.

그러나 눈앞에 나타난 요시오카는 너무 늙었고, 안경 쓴 모습도 할아버지 같은 분위기라서 아구리의 마음은 급하게 식어버렸다.

차를 따르는 아구리를 뚫어져라 바라보면서 요시오카는 고개를 저었다.

"자기는 정말 변하지 않네. 여전히 젊고 예뻐."

"글쎄. 여자란 바쁜 직업을 가지다 보면, 꾸미지도 못하고, 엉망이야."

아구리는 엷게 화장을 하고 있었다. 파마할 시간도 아끼느라 고작 한 달에 한 번 커트를 할 뿐인 윤기 흐르는 머리칼이 어깨까지 치렁치렁 늘어져 있다. 요시오카의 시선을 느끼면서 아구리는 앞으로 쓸려 내려간 머리칼을 뒤로 넘기며 일부러 시선을 피한다.

요시오카를 보는 순간, 아구리는 그가 옛날 애인이 그리워서 일부러 찾아온 것은 아니란 생각이 들었다. 그러나 그의 의도를 가늠할 수 없었다.

“벌써 육칠 년이 지난 것 같은데…….”

요시오카는 또 그런 말을 했다. 그러고는 윗도리 호주머니에서 담배를 꺼냈다. 그 모습을 보자 아구리는 걱정스러웠다.

‘오래 죽치고 있을 생각인가?’

오늘 중으로 몇 장면이라도 써두어야 한다. 요시오카의 손가락은 마치 흙을 만지는 사람처럼 굵고, 손톱은 거칠었다. 청년 시절의 요시오카는 조금 통통한 몸매에다 손등은 여자처럼 하얗게 살이 올랐고, 손가락에는 자그만 상처 하나 없었다. 뜨겁게 느껴질 정도로 열기를 품은 그 깨끗한 손바닥으로 아구리의 손을 감싸면서,

“와! 정말 차갑네. 손이 차가운 여자는 마음이 따뜻하다고 하던데, 정말 그렇겠지” 하고 말했다. 그런 부드럽고 차진 말투가 아구리에게는 너무 섹시하게 들렸다. 요시오카는 섹스를 할 때도 아구리의 반응을 민감하게 살피며, 늘 섬세하고 부드럽게 다루었다. 성격도 말투도 섹스도 부드럽고 차졌다.

그러나 지금의 요시오카에게서는 그런 따스하고 차진 분

위기를 찾아볼 수 없다. 옛날의 의젓한 모습이 없어졌다. 표정이 변했다고 느낀 것도 그 때문일 것이다.

"담배를 끊고 싶은데, 그게 잘 안 돼서…… 술도 끊고 싶은데, 술이 없으면 너무 허전해서."

"누가 야단이라도 쳐?"

"의사. 간이 고장나버렸대."

요즘 들어 거의 도쿄에서만 생활하는 아구리는 옛날 애인의 입을 통해 오랜만에 오사카 사투리를 들어보았다.

"〈엄마는 욕심쟁이〉, 정말 재미있어. 인기도 있고."

"고마워. 탤런트들이 잘해줘서 그래."

"아니야, 대본이 좋아서지. 하기야 우리 같은 아마추어가 뭘 알겠어. 그렇지만 요즘 자기 인기는 정말 대단해. 대단한 재능이야."

"어쩌다 그렇게 된 거지 뭐."

"글은 옛날부터 썼어? 난 정말 몰랐어. 텔레비전에서 이름을 봤을 때는 동명이인인가 했지. 그런데 이삼 년 전에 주간지에서 사진을 보고 깜짝 놀랐어."

"……."

"그렇지만, 과연, 하는 생각이 들더라. 자기, 옛날부터 편지 잘 썼잖아. 문장이 장난이 아니었으니까."

"내가 편지를 썼어?"

말은 그렇게 하면서도, 아구리는 기억하고 있었다.

"썼지. 헤어질 때 돌려달라고 해서 모두 돌려줬는데, 그거, 어떻게 했어? 그런 것도 잊어버리다니 정말 섭섭해."

"몰라. 버렸겠지 뭐."

거짓말이다. 몇 년 동안 챙기지 않았지만, 트렁크 안에 정리해두었다. 자신의 편지는 물론이고, 요시오카의 편지 가운데서도 좋은 것은 몇 장 골라서 남겨두었다.

"이렇게 유명한 사람이 될 줄은 정말 몰랐어. 요즘은 뭐니뭐니 해도 재능이지. 돈을 벌려면 재능이 있어야 해."

요시오카는 아구리가 따라준 차를 마시려다가 너무 뜨거운지 찻잔을 내려놓았다.

창밖 아파트 복도에서 아이들의 발소리와 떠드는 소리가 가까워졌다가 멀어져갔다.

요시오카는 목소리를 낮추었다.

"누구 있어? 여기서 혼자 살아?"

"그럼."

"아직 혼자?"

"응."

요시오카의 눈길이 안경 너머로 불안하게 흔들렸다.

"정말 혼자?"

"일하는 즐거움에 살아…… 후후후."

아구리가 웃은 것은 일 층 관리인 아주머니와 나눈 대화가 떠올랐기 때문이다. 요시오카가 두 시에 오기로 해서, 아구리는 그전에 꽃을 사러 나갔다. 술이나 음식 대접은 하고 싶지 않았지만, 꽃이라도 꽂아두고 안방으로 들이려 했다. 거실 구석에는 산 방향으로 난 베란다가 있어, 아구리는 그곳에 좋아하는 가구를 배치해두었다. 푹신푹신한 하얀 카펫, 하늘색 새틴을 깐 카우치, 짙은 회색의 마노 테이블.

테이블에는 하얀 커피잔이 놓여 있고, 카우치에는 감색 실크 실내복이 걸쳐져 있다.

한쪽은 작업실로, 발도 들여놓을 수 없을 정도로 원고와 대본이 마구 흩어져 있지만, 커튼 도어를 당기면 보이지 않는다.

아구리는 오랜만에 들어보는 요시오카의 전화 목소리에 너무 기뻐서, 거실로 그를 들여 이야기를 들어보고 싶었던 것이다. 비즈니스와 관련된 남녀는 들이지 않는 곳이다.

그럴 생각으로 꽃을 사서 아파트로 돌아오니, 관리인 아주머니가 아구리를 기다리고 있었다.

"이상한 남자가 다카오 씨를 찾아왔어요. 약속보다 너무 빨리 왔는데 집에 아무도 없는 것 같으니, 안에 들어가서 좀 기다릴 수 없느냐고 하는 거예요."

"그래서 어떻게 했어요?"

"요즘은 마스터키를 보관하지 않기 때문에 문을 열 수 없다고 했죠."

"돌아갔어요?"

"아뇨, 주변을 한 바퀴 돌아보고 오겠다고 하더니, 이상한 걸 묻던걸요. 남편이 있느냐, 혼자 사느냐, 어린애는 있느냐, 이름은 다카오가 맞느냐 하고 말이에요. 어딘지 모르게 좀 수상쩍은 것 같기도 하고, 혹시 빈집을 노리는 도둑일지도 몰라서 무조건 모른다고 했어요."

아구리는 그가 바로 요시오카라는 걸 알았다. 요시오카는 알고 싶은 게 있으면, 상대가 어떻게 생각하든 상관하지 않고 미주알고주알 캐묻는 버릇이 있기 때문이다.

아구리는 갑자기 마음이 변해서, 요시오카를 거실로 불러들이고 싶은 기분이 싹 가시고 말았다.

요시오카와 칠 년이나 만나지 않았다는 사실을 새삼 떠올리고, 그동안 사람이 확 바뀌었을지도 모른다는 생각을 했다.

그래서 백합과 카네이션만 살풍경한 응접실에 장식하고, 거실로 이어지는 문은 닫아버렸다.

요시오카는 관리인 아주머니에게 물은 것만으로는 성이 차지 않는지, 아구리에게도 몇 번이나 물었다.

"정말 혼자야?"

"일을 하다 보면, 남자 사귈 여유가 없어."

아구리가 그렇게 말하자, 이윽고 요시오카도 납득한 것 같았다.

"그럴 거야, ……요 이삼 년 사이에 이름을 볼 기회가 많았으니까. 요즘은 소설까지 쓴다면서? 읽은 적은 없지만. 그런데 어떻게 글을 쓰게 되었어? 어떻게 그런 좋은 기술을 가지게 되었어?"

아구리는 고등학교 때부터 작가를 동경했다. 신부 양성소 같은 전문대학이었지만, 졸업 후 일을 하면서 시나리오 학교에 등록해 강의를 들었다. 코미디 대본 교실에도 나가, 강사로 나온 코미디 작가에게 글을 보여주었더니,

"대사가 아주 좋아. 드라마 공부를 해보는 게 어떨까" 하

고 격려해주었다.

아구리는 좋은 글 감각을 가지고 있었다. 재능이라기보다는 감각이라고 할 뭔가가 있었다. 아마도 태어나서 자란 환경과 관련이 있을지도 모른다. 가족들은 한결같이 개성들이 강해서 서로 사이가 안 좋았다. 아버지 어머니는 늘 다투기만 했다. 화를 내거나 싸우는 어른들 틈에 끼여 자라느라 자연스럽게 동물적인 균형감각이 발달하여, 대상과 자신의 거리를 가늠하는 버릇이 몸에 배었다. 아마, 그것이 글쓰기 욕구로 바뀌었을 것이다. 그리고 요시오카와의 관계가 어긋난 것이 이 세계로 뛰어드는 계기가 되었다. 외줄타기를 하는 듯한 행운이 이어져 아구리의 각본은 돈 덩어리로 변해갔다. 그러다 어떤 시리즈가 평판이 나자, 그것을 소설로 써달라는 출판사가 나타났다. 그 작품이 생각지도 않게 많이 팔렸다. 그 후로 텔레비전 드라마에 맞지 않다 싶은 작품 아이디어는 소설이나 에세이로 만들었고, 그런 노력 가운데 작품도 더욱 좋아졌다. 사람들은 한창 물이 올랐다고들 하지만, 아구리는 그렇게 생각하지 않았다. 감각이 살아 있을 따름이라고 생각했다. 감각이 살아 있을 동안에 진짜 수행을 하고 싶었다. 아구리는 마음을 놓지 않았다. 긴장이 풀리면 그냥 자기 무덤을 파는 꼴이 되어버리기 때문이다. 참으로 힘든 직업이다.

칼날 위를 걷는 것 같다.

그러나 그런 사정을 요시오카에게 말할 필요는 없다.

"운이 좋았던 거야. 그뿐이야."

"그럴까?"

"전화번호, 누구에게 들었어?"

"신문사에 전화를 했었어."

"아……."

"이런 좋은 아파트도 사고, 정말 출세했네. 다른 집은 없어, 또?"

"뭐?"

"아니, 주간지를 보았더니 산이 보이는 멋진 방에서 커피를 마시는 사진이 있더라구. 우아하게 살고 있다고 생각했지."

"그건 저쪽 안방이야. 우아하고는 거리가 멀어……."

비단 가운도 있고, 멋진 카우치와 하얀 커피잔도 있다. 여자애들이 잘 보는 패션 잡지 같은 데나 나올 법한 아름다운 풍경이지만, 거기 앉아서 여유 부릴 시간은 없다. 눈으로 보고 즐기는 잡지 사진이랑 하나 다를 바 없다.

책상에 앉아 밤낮으로 글을 쓰다가 피곤하면 바로 옆에 깔아둔 이불 위로 쓰러진다. 옷을 입은 채로 잠들기도 한다. 여름이나 겨울이나 늘 헐렁한 면 원피스다. 식사는 아파트 일 층에 있는 작은 식당에서 해결한다. 식사 시간도 아까울 정도로 아구리는 일에 쫓기며 살고 있다.

때로 주간지나 여성 잡지에서 집에서 여유로운 시간을 보내는 아구리의 사진을 찍으러 오지만, 그런 때만 긴 원피스를 입고 카우치에 앉아 커피를 마신다.

그걸 본 사람이, 꽤 우아하게 살고 있구나, 하고 생각하는 것도 무리는 아니다.

그런 속내를 털어놓고 작가생활의 고달픔을 호소할 남자도 없다. 가끔 만나는 남자 탤런트에게 그런 이야기를 할 수야 없는 노릇이다. 옛날 애인이던 방송국 남자는 그런 사정을 잘 아는 동업자답게,

"배부른 소리 하지도 마. 일거리가 있는 것만으로도 감사해야지. 당신, 다른 사람이 얼마나 질투하는지 알기나 해"

하고 쌀쌀맞게 말했다.

"이 세계도 젊은 재능들이 줄을 지어 나오고 있어…… 시

대는 바뀌고, 또 그 시대의 기호라는 것도 있으니까…… 좋은 작품을 쓴다고 해서 반드시 잘 팔린다는 법도 없어. 시간도 정해져 있고, 나, 지금도 프로가 되고 싶은 생각은 없어. 글을 쓰기 전에 얼마나 두려움에 떠는지 몰라, 실제로 손이 얼어붙는 것 같아, 청탁을 받아놓고, 과연 쓸 수 있을까, 프로듀서와 디렉터가 마음에 들어 할까, 그런 생각이……."

아구리는 저도 모르게 그런 말을 하고 만다. 요시오카에게는 마음속의 말을 하게 만드는 힘이라도 있는 것 같다.

"그럴 거야, 나도 그렇게 생각해, 갑자기 손이 얼어붙는다니, 정말 가슴이 아파."

요시오카가 그렇게 말해주니 가슴이 따뜻해지는 것 같았다.

"위로해줄 사람도 없구나…… 나처럼."

"요시오카 씨, 부인은?"

"헤어졌어. 딸이 하나 있는데, 가끔 얼굴은 봐. 정말 귀여운 애지. 아구리, 우리 애가 CF에 나갈 수 있게 어디든 얘기 좀 안 해줄래? 그러면 늘 텔레비전에서 그 애 얼굴을 볼 수 있을 텐데."

요시오카는 혼잣말처럼 멍하니 그렇게 말했다.

"정말 대단한 미인이 될 아이야, 네 살인데…… 얼마나 말도 예쁘게 하는지 몰라. '아빠, 어디에 가도 건강해야 해, 마사미 잊지 마, 건강해야 해' 하고……."

요시오카는 굵직한 손가락으로 눈물을 훔쳤다.

아구리는 그 모습을 보고 벙벙해지고 말았다.

'안 돼, 안 돼.'

마음을 다잡았다.

'그랬어, 요시오카의 눈물은 버릇이야…… 이 사람, 한번 눈물 흘렸다 하면 버릇처럼 우는 거야.'

그렇게 생각했지만, 아구리의 눈에서도 눈물이 흘렀다.

"들었는지는 모르겠지만."

요시오카는 안경을 고쳐 썼다.

"나, 아버지가 물려준 공장을 말아먹고 말았어. 이것도 해보고 저것도 해보았지만, 되는 일이 없었어. 정말 무능한 놈이지."

"……."

"발버둥치면 칠수록 더 나빠져서…… 집도 팔고, 마누라는 딸을 데리고 나가버리고. 지금, 친구 일을 도와주면서 조금씩…… 언젠가는 반드시 일어서서 딸을 데리고 올 거야."

"어디 살아?"

“아마가사키.”

“일은 잘돼?”

아구리의 목소리가 아주 낮아졌다.

요시오카가 이렇게 풀이 죽어 무작정 눈물을 보이면, 아구리는 어떻게 해야 좋을지 모른다. 아구리는, 요시오카가 여자를 앞에 두고도 아내가 미인이라고 자랑하는 그런 사람으로 남아 있기를 바랐다. 죽여버리고 싶을 정도로 화가 치밀면서도, 미워할 수 없는 그런 순진함과 무신경이 그리웠다.

‘어쩔 수 없어.’

그런 생각을 갖게 만드는 남자, 뻰질뻰질하고 뻔뻔스런 남자이길 바랐다.

“나, 멍청한 짓을 하고 말았지만, 지난번 불경기 때 타격을 입은 이후로 일어서지 못했어…… 일어서려고 온갖 짓을 다 해보았지만…….”

“남자들은 정말 힘들겠어. 고생 많았어, 요시오카 씨, 정말 고생 많았어.”

아구리는 진심으로 그렇게 말했다. 남자건 여자건 살아가기란 여간 힘든 게 아니다.

“어쩌겠어, 일이 그렇게 된 것을. 열심히 노력해도 잘 안 되는 일도 있으니까……."

"고마워. 그렇게 따뜻하게 위로해주는 사람은 자네뿐이야. 아니, 딸하고 자네뿐이야. 그렇지만 난 절대 이대로 끝내진 않을 거야."

요시오카는 두 손을 깍지 끼고 바닥을 바라보며 생각에 잠겼다.

아구리는 미지근해진 차를 버리고 뜨거운 차를 새로 따랐다. 원고 때문에 출판사나 방송국 사람과 의논할 때는 되도록 자리를 떠나지 않으려고 차와 뜨거운 물을 손 닿는 곳에 미리 준비해둔다. 향기로운 차를 따라 주었는데도 요시오카는 여전히 생각에 잠겨 있다.

그 시절에 만일 요시오카와 결혼했더라면 지금 어떻게 되어 있을까를 생각해보았다. 죽을 각오를 하고 요시오카와 힘을 합쳐 곤경에서 벗어나려 했을까, 거기에 인생을 건 것이 지금의 성공보다도 더 충실한 삶이 아니었을까.

그런 생각을 하니, 요시오카가 자신을 버린 게 아니라 자신이 요시오카를 버린 것 같은 느낌이 들었다. 동물적 감각이 발달한 아구리이다보니, 마치 생쥐가 난파선에서 도망치듯이, 재빨리 요시오카를 버리고 달아났을지도 모른다.

요시오카의 처지가 가련하다. 혹시 요시오카는 아구리에게 돈을 빌리러 온 건지도 모른다.

아구리는 감상에 빠져들려는 자신을 예감하고 있었다. 요시오카가 기뻐하는 표정을 보려면, 조금 고통을 당하더라도 어쩔 수 없는 일이라고, 아구리는 거의 절망적인 상황에 빠져들고 있는 자신을 느낄 수 있었다.

요시오카는 고개를 들더니, 굳게 결심한 듯한 표정으로,

"아구리……" 하고 입을 열었다.

아구리는, 괜찮아, 어서 말해, 라고 재촉하듯이 고개를 끄덕였다.

외줄타기를 하듯 살아온 여자에게 돈이란 참으로 소중한 것이지만, 아구리는 그리 돈에 집착하는 성격은 아니다. 어쩔 수 없다는 자포자기적인 기분에 솔직히 따르는 그런 성격이라고 자신을 평가했다.

"응?"

아구리는 요시오카가 말을 꺼내기 편하도록, 가장 부드러운 목소리로 말했다.

"도산은, 정말, 힘든 일이야. 매일 채권자들이 찾아와서 고함을 지르고…… 그 고통을 겪어본 사람이라면, 어떠한

어려움도 견딜 수 있어."

아구리는 이야기가 이상한 곳으로 흘러가는 것 같아, 허를 찔린 듯한 기분으로 멍하니 있었다. 요시오카의 말이 매끄러워졌다.

"우리 공장이 사기를 당하고 말았어. 좀 드문 경우이긴 하지만."

"……."

"기획 사기라는 건데, 이건 정말 희귀한 이야기야. 드라마가 되지 않을까 싶어."

"드라마?"

아구리는 멍하니 입을 벌리고 요시오카를 바라보았다.

"자기, 텔레비전 방송국에 말해서 드라마로 만들어줄 수 없을까, 자료와 서류는 모두 내가 제공할게."

"……."

"뭐하면, 자네에게 배워서 내가 써도 돼. 그러나 역시 떡은 떡집에서 만들어야지. 자네가 써야 박력 있게 나올 거야."

요시오카는 웃으면서, 원숭이처럼 또 이마에 주름을 잡았다. 그는 아구리를 '자기' 또는 '자네'라고 부르는데, 그건 아무래도 무의식적인 것 같았다.

아구리는 무슨 말을 해야 좋을지 몰랐다. 이런저런 생각 끝에 아구리는, 요시오카가 도산을 시킨(그의 말로는 기획 사기를 쳐서 함정에 빠뜨린) 자들에게 복수하려고 도산을 주제로 한 드라마로 만들어 여론을 환기시키려 한다고 결론지었다.

“도산 드라마로 뭘 호소하려고?”

“아, 뭐든 좋지만, 이 이야기를 방송국에 넘기면 아이디어 제공조로 원작료를 받을 수 있을지도 모르니까.”

요시오카는 정말로 그렇게 믿고 있는 것 같았다.

“뭐하면, 당신이 사주면 더 좋고.”

“글쎄. 난 경제 드라마는 쓰지 않으니까.”

아구리는 상대가 서늘해질 정도로 냉랭한 어조로 말했다. 요시오카는 그래도 포기하지 않았다.

“그렇다면 잘 아는 작가 가운데 이야기 소재를 모으는 사람은 없을까?”

“그런 사람이 있을까……. 한번 물어볼게.”

“원작료는 꽤 비싸지? 영화사에도 이야기해줄 수 없을까.”

아구리는 요시오카에 대한 흥미를 완전히 잃고 말았다.

지금 눈앞에 있는 이 남자와 몇 년 전의 일이긴 하지만, 사랑을 나누는 사이였다는 사실이 도저히 믿기지 않았다.

그래도 마음 한구석으로는 요시오카에 대해 묵직한 아픔을 느끼고 있다. 요시오카가 다시 성공하여 그 특유의 무신경과 어린애 같은 기질로 자신을 마구 상처 입혀주기를 바랐다. 이런 식으로 요시오카를 만나는 건 정말 싫었다.

속이 부글부글 끓고 목이 타올라, 마치 바늘방석에라도 앉은 기분이었다.

짐은 벌써 다 쌌어

아침부터 히데오는 뭐가 그리 기분 나쁜지 말 한마디 하지 않았지만, 에리코는 모른 척하고 평소처럼 행동했다. 그러면서도 히데오가 무엇 때문에 기분이 나빠진 건지 내심 요리조리 살펴보았지만 이렇다 할 원인을 찾을 수 없었다.

'뭘까?'

어제저녁 둘이서 텔레비전을 보고, 열한 시쯤 기분 좋게 잠자리에 들었으니 딱히 기분 나쁠 일도 없었을 텐데, 히데오는 아침부터 부루퉁해 있다.

거구가 입을 꾹 다물고 화난 표정을 짓고 있으면 그것만으로 숨을 막힐 것 같아 보는 사람도 기분이 무거워지고 만다. 180센티미터에, 살도 붙을 만큼 붙은 덩치에, 마흔네 살이라고는 보기 어려운 어린애 같은 얼굴이 매달려 있다. 마흔두 살인 에리코는 몸집이 작아서 어려 보이지만, 남편 히데오는 어려 보이는 얼굴 때문에 삼십 대로 보는 사람이 많다.

기분이 나쁠 때는 정말 발을 동동 구르는 어린애 같은 얼굴로 변하고 만다.

히데오는 말없이 토스트에 커피로 아침을 들고 난 다음, 옷을 갈아입고 넥타이를 매면서 비로소 입을 열었다.

"오늘은 덴노지에 들를 거야."

낮고 작은 목소리였다.

'뭐야, 그거였어.'

에리코는 태연하게 말했다.

"늦어질 거면 저녁은 준비하지 않을게."

"어떻게 될지 몰라."

"난 밖에서 먹을 거야."

"돌아와서 먹을지도 몰라."

"물에 밥 말아서라도 먹어."

"아무렴 어때!"

'왜 화를 내고 그래.'

에리코는 어이가 없었다.

남 오사카의 덴노지에는 그의 노모와 전처 교코, 그 사이에 둔 자식 셋이 살고 있다. 정기적이지는 않지만, 히데오는 가끔씩 그 집에 간다.

남편이 덴노지에 가서 전처와 애들과 단란한 시간을 보낸다는 사실이 에리코에게 기분 좋을 리 없다. 사실은 에리코가 화를 내는 게 당연하다.

그런데도 히데오가 먼저 부루퉁해 있다. 아무래도 선수를 치는 것 같다. 에리코가 따지고 들면 어쩌나 조마조마해하면서, 자신이 먼저 불쾌한 듯한 가면을 덮어쓰고 방어 자세를 취하는 건지도 모른다.

또는, 에리코의 기분을 상하게 하는 일을 할 수밖에 없는 자신의 처지에 스스로 화를 내는 것처럼도 보인다. 히데오는 무겁게 입을 열었다.

"다케시가 학교에서 사고를 쳤어."

"에! 그런 일이 있었어?"

다케시는 히데오의 차남으로 고등학생이다.

"선생을 때린 모양이야."

"그런 나이니까……" 하고 에리코는 중얼거렸지만, 그게 나하고 무슨 상관이야, 라는 기분이었다.

그런 문제는 덴노지 쪽에서 정리하면 그만이 아닌가.

이쪽에서 그런 일까지 참견할 필요가 어디 있어. 아버지라고는 하지만 따로 살고 있으니까.

"정말 사람 귀찮게 하는 놈이야."

에리코가 입을 다물고 있으면, 히데오는 더 화를 낼지도 모르지만, 그렇다고 해서 맞장구를 칠 수도 없다.

덩달아 욕을 할 수도 없다.

"오늘은 좀 추울 것 같은데."

에리코는 화제를 바꾸었다.

"옷을 잘 챙겨 입는 게 좋겠어."

"……."

평소의 히데오는 상냥하고 귀염성 있는 사람이지만, 덴노지에 갈 때마다 불쾌한 표정을 짓는다. 좋아서 가는 게 아니라, 특히 오늘 같은 날은 어쩔 수 없이 가는 거라고 표티나게 에리코에게 알리고 싶은 거겠지만, 그렇다고 불쾌한 표정을 짓다니.

'이런 불쾌한 분위기는, 남녀가 같이 사는 집에 의자가 하나뿐인 상황하고 비슷해…….'

에리코는 그런 생각이 들었다.

‘누가 먼저 앉아버리면, 다른 한 사람은 서 있어야 하는 의자 빼기 놀이 같은 거야. 나도 따라 앉아서는 안 돼.’

두 사람 다 불쾌해져서는 안 된다. 그렇게 되면, 벌써 관계는 끝장났다고 보아야 한다. 계속 같이 살 마음이 있으면, 의자가 하나뿐이라는 사실을 늘 자각하고 있어야 한다. 원래 히데오는 성격상 거칠지도 않고 짜증을 부리는 사람도 아니다. 그리고 에리코는 그의 눈을 볼 때마다,

‘눈이 어쩜 저렇게 바셋하운드(사냥개의 일종—옮긴이)랑 똑같을까’라고 생각하는데, 물론 드러내놓고 말은 하지 않는다. 늘 치켜뜬 듯한 삼백안三白眼이 너무 애달파 보이고 여리면서도 어리광을 부릴 때는 한없이 교활해 보이는 그런 느낌이 귀엽다는 생각이 들 정도로 에리코에게는 매력적이었다.

그러나 불쾌한 표정을 지을 때는 싫다.

에리코는 결혼한 지 십 년이 됐다. 히데오는 재혼이지만, 에리코는 초혼이다. 서른둘까지 독신으로 직장을 다니고 있었는데, 딱히 결혼할 생각은 없었다.

오사카와 고베 지역에 있는 일본주酒 회사들이 공동으로 출간하는 PR 잡지를 만드는 광고잡지사에 다니고 있었다. 오래 근무한 곳이라 편하기도 했고, 또 귀여운 얼굴도 한몫

을 했다. 딱히 이상을 추구하지 않는다면 낯익은 오사카는 그녀에게 정말 살기 좋은 곳이었다.

히데오와는 직장에서 알게 되었다. 그즈음, 그는 서른서넛이었고, 전처와 결혼한 지 칠팔 년쯤 됐을 무렵이었다. 처음으로 같이 간 술자리에서 히데오는,

"나, 사실은 이혼할 생각이야……"라고 말했다.

그러므로 히데오는 에리코 때문에 전처와 이혼한 것은 아니다.

히데오는 진작부터 전처와 헤어질 생각이었지만, 복잡한 가정 사정 때문에 헤어지지 못하고 있었다.

히데오는 덴노지의 노인이 낳은 친자식이 아니다. 양자로 들어가서 덴노지의 가문을 이었고, 거기서 교코를 맞이했다.

헤어질까 말까 망설이는 사이에 자식이 셋이나 생겼고, 아버지가 세상을 떠난 후 이런저런 일이 생기자 교코는 집을 나가버렸다. 자식들은 그냥 남겨둔 채로.

히데오가 어머니와 함께 자식을 키웠는데, 일 년도 되지 않아 교코는 남자를 만나 재혼했다. 그래서 몸이 가벼워진 히데오는,

"결혼할까? 나, 인생을 다시 찾고 싶어. 하루라도 빨리 즐

겁게 웃으며 살고 싶어" 하고 에리코에게 말했다.

하루라도 빨리 즐겁게 웃으며 살고 싶어, 라는 말이 에리코의 마음을 사로잡았다.

그러나 아이들이 문제였다. 에리코도 직장을 다니니까 돈을 보내주고 둘이서 따로 살 것인지, 아니면 데리고 살 것인지를 결정해야 했다. 에리코의 태도는 분명했다.

"열심히 일해서 송금만 해요. 나, 애들 돌볼 자신 없어요."

결정적인 순간이라고 생각했다. 마음에도 없는 말을 하거나 폼 잡을 때가 아니라고 냉정하게 생각했다. 다행히 히데오의 어머니가 아직 건강해서 손자들을 돌볼 수 있는 상황이라, 히데오는 집을 나와 에리코와 함께 연립주택에 보금자리를 틀었다.

에리코는 다니던 직장에서 계속 일을 하고 있었지만, 매달 상당한 금액을 덴노지로 송금하는 바람에 저축할 여유는 없이 살았다.

그래도 결혼하길 잘한 거라고 생각했다. 히데오는 물론이고, 에리코 또한 지금까지 허무하게 보내버린 인생을 되찾은 듯이 즐거웠다. 에리코가 덴노지에 가는 일은 없지만, 때로 히데오와 함께 초등학생 자식들을 데리고 덴노지 동물원이나 한신 공원에 놀러가기도 하는 가짜 모자 놀이를 즐겼다. 히데오의 호적에 이름을 올리긴 했지만, 에리코는 자식들을 양자로 삼아 적에 올리지는 않았다. 그래서 아이들은 에리코를 아주머니라고 불렀다.

위로 아들 둘이 있고, 딸이 막내였다. 여자애는 단발머리에 반바지를 입고 있었다. 에리코는 어린애랑 같이 놀면서 이야기하는 걸 좋아했지만, 집에는 데리고 오지 않았다. 그러던 어느 날, 히데오가 두 아들을 집으로 데리고 왔다.

덴노지의 집은 오래돼서 방이 넓긴 하나 어두운 게 흠이었다. 그런 데서 살던 애들이라 아버지와 아주머니가 사는 좁지만 밝은 현대적인 연립주택을 보고는 신기하다는 표정을 지었다. 이곳저곳을 뒤지고 어지럽히며 놀다가 목욕을 하게 되었다. 아버지를 따라 차례대로 욕실로 들어간 아이들이 재잘대면서 즐거워했다. 모두 아버지의 사랑에 목말라 있던 것 같았다. 이윽고 덴노지로 돌아갈 시간이 되자, 둘째가 울상을 지었다. 자고 가도 좋다는 에리코의 한마디에 아이들의 얼굴이 빛났다. 그러나 히데오는 단호했다.

"안 돼. 너희들끼리 전차 탈 수 있지? 돈은 호주머니에 잘 간수하도록 해."

"자기가 바래다주고 와."

그러나 히데오는 남자애니까 자기들끼리 갈 수 있다고 하면서 에리코의 말을 들은 척도 하지 않았다.

아이들은 금방 포기하고, 운동화를 신고는, 안녕히 계세요, 하고 아버지와 에리코를 향해 인사했다.

아이들이 욕탕에서 즐겁게 떠들고 있을 때, 에리코는 뭔지 모를 질투심을 느끼기도 했지만, 정작 아이들이 가고 나자 마음 한구석이 허전했다.

아이들에게서 아버지를 빼앗아버린 듯한 착각이 일었다.

그러나 그럴 때는 히데오의 태도가 너무도 시원스럽게 느껴졌다.

"애들은 그렇게 뿌리쳐야 하는 거야."

히데오는 그렇게 에리코와 둘만의 생활을 지키려는 자세를 보였다.

그로부터 일 년이 지난 어느 날, 갑자기 히데오가 말했다.

"덴노지에 다녀와야겠어. 목수가 오기로 되어 있어서……."

"집 고쳐?"

덴노지의 집은 오래돼서 자주 문제가 생기고, 그럴 때마다 히데오가 손수 수리를 하는 것 같았다. 그런데 목수가 온다는 걸 보면 대대적인 수리를 하는 모양이다.

"별채를 손보려고 그래."

"방을 개축하는 거야?"

"응."

히데오는 불쾌하다는 표정을 지었다.

"돌아왔어."

"누가?"

"그년이지!"

히데오는 불쾌한 목소리로 외치면서 조바심을 냈다. 에리코는 괜히 화를 내는 히데오를 보고 어이가 없었다.

"설마, 교코 씨가 돌아온 거야?"

"그 설마가 사실이 됐어."

교코는 재혼에 실패하고 갈 곳이 없어 덴노지에 몸을 의탁해 왔고, 덴노지의 어머니도 이제 손자들 돌볼 힘이 딸리던 참이라 그냥 받아들이기로 한 것이다. 두 번이나 결혼에 실패한 교코는 아무래도 인생의 중심을 잡지 못하고 닥치는 대로 살아가는 여자인 것 같았다.

"에! 부인하고 이혼하는 거야?" 하고 처음에 물었을 때,

히데오는,

“소 같은 여자야. 머리도 나쁜 주제에 고집이 세서, 한번 마음먹었다 하면 절대로 물러서지 않아. 이런저런 말도 안 되는 이유를 들이대고 말이야. 뒷정리가 엉망인 데다 놀기 좋아하고 엉덩이가 가벼워” 하고 부루퉁한 표정으로 말했다.

교코를 만난 적은 없지만, 에리코는 친척에게 교코에 대해 들은 적은 있었다.

어딘지 모르게 좀 덜 떨어진 여자라고 했다. 가령, 빨래를 널 때도 집게를 사용하지 않는다. 물에 젖었을 때는 빨랫줄에 그냥 널어두면 되지만, 다 마르면 바람에 날려가버린다는 걸 염두에 두지 않는다. 게다가 밤 늦게까지, 또는 아침까지 빨래를 그냥 널어둘 때도 있다. 빨랫감을 그냥 쌓아두었다가 입을 옷이 없으면, 그냥 백화점으로 달려가 옷을 산다. 전화료, 전기료는 제때 내는 법이 없고, 냉장고를 열면 늘 뭔가가 썩고 있다.

에리코는 결혼한 이후로 교코를 화제에 올린 적은 없지만, 소 같은 여자라는 히데오의 경멸 섞인 말이 에리코의 마음속에서 희미한 이미지가 되어 가라앉아 있었다.

덴노지에 교코가 돌아왔다는 말을 듣고, 그 소의 이미지가 더욱 강해졌다.

"육 개월 전에."

"에! 그건 처음 듣는 말인걸."

에리코는 묘하게 화가 치밀었다. 육 개월 전이라면, 그사이 히데오는 서너 번이나 덴노지에 갔었다.

그동안, 교코와 아이들과 어머니와 자리를 같이했을 것이다.

"교코 씨가 육 개월 전에 돌아왔다면, 내게 한마디쯤 해줬어야지."

"좋은 일이 아니라서 말할 필요도 없다고 생각했어."

물론 유쾌한 일은 아니다. 그리고 에리코는 자신이 모르는 가운데 히데오가 맛보는 유일한 다른 인생이란, 자식들과의 관계라고만 생각했었다.

그런데 전 부인이 끼어들었을 줄이야. 에리코는 상상도 못 한 일이었다.

에리코는 자식들과 같이 있는 히데오의 모습을 몇 번이나 보았기에, 그런 광경은 에리코의 인생에 자연스럽게 스며들어 있었다. 남자애들이 아버지와 욕탕에 들어가서 즐겁게 떠들어대는 모습이나, 어린 딸이 히데오의 무릎에 앉고 히데오가 그 딸을 끌어안는 모습도 눈에 익은 터라 덴노지에

간 히데오가 그런 모습으로 시간을 보내리라고만 생각했다.

그러나 전처 교코가 돌아왔다면 대체 어떤 광경이 벌어질까. 상상도 할 수 없는 일이었다.

그것을 육 개월이나 숨기고 있었다는 사실에 에리코는 충격을 받았다.

"왜 말 안 했어? 교코 씨가 이혼해서 돌아왔다고, 한마디만 하면 되잖아."

"그런 걸 말해서 뭘 하겠어."

"어머니도 내게는 아무 말씀 하지 않으셨어."

"자네는 입장이 다르니까, 아무 관계도 없는 일이잖아."

틀린 말은 아니지만, 에리코는 그 후로 히데오가 덴노지에 간다고 하면, 가벼운 마음으로 잘 다녀오라는 말을 할 수 없게 되고 말았다. 다만, 그런 감정도 몇 년이 지나는 사이에 점점 엷어져갔다. 이쪽도 히데오와 오랜 세월을 같이 살다 보니 저울의 무게가 기울어져, 저쪽이 너무 가벼워졌기 때문인지도 모른다. 에리코는 그렇게 생각하며 지냈다.

덴노지는 매달 송금을 할 때만 의식에 떠오를 정도였다. 그 후로도 어머니가 입원하기도 하고, 장남이 대학에 가기도 해서 돈 들어갈 일이 많았다.

교코는 따로 일은 하지 않고 살림만 하는 것 같았다. 에리코는 때로, 왜 내가 이렇게 열심히 일해서 그 사람들을 부양해야 하는 거야, 라는 회의가 들 때도 있었지만, 그걸로 히데오와의 생활을 얻었다는 생각을 하면, 그리 비싼 대가는 아닌 것 같았다.

아이들은 친어머니가 오면서 안정을 찾았는지, 아니면 아버지에게 달라붙을 나이가 지나서 그런지, 히데오를 찾지도 않았고, 에리코의 집을 방문하는 일도 없었다.

세월이 흐르면서, 시대의 분위기가 바뀌면서, 히데오와 에리코는 짧은 여행을 떠나는 일이 잦아졌다. 조금 불편하긴 하지만, 니시노미야의 산간에 있는 아파트로 이사를 했다. 아파트의 명의는 에리코로 되어 있다. 히데오는 덴노지의 집이 뇌리에 남아 있는 것 같았다. 덴노지의 집은 히데오 명의로 되어 있었다.

지붕에서 비가 새거나 덧문이 망가지면, 히데오가 수리비를 댔다. 결국, 이중생활인 셈이다.

그래도 히데오와의 생활은 에리코에게 보람되고 재미있었다. 히데오는 커다란 몸집에 어울리지 않게 부지런한 성격이라 욕실 청소, 유리창 청소 같은 귀찮은 일도 스스로 찾아서 했다.

에리코와 술을 마시러 가서 맛있는 안주를 보면, 집에서 만들어보는 것도 히데오였다.

"뭘까, 뭘까, 하고 밤새 생각하다가, 오늘 아침에야 알아냈어. 피넛 버터로 버무린 거야."

그런 말을 하기도 한다. 덩치가 커서 그런지 대식가이고, 맛있는 걸 좋아하며, 에리코가 손수 요리한 음식이 세상에서 가장 맛있다고 했다. 딱히 에리코의 요리 솜씨가 좋아서라기보다는 오랜 세월 같이 지내다보니 기호도 미각도 비슷해진 때문일 것이다. 에리코랑 결혼해서 정말 행운이었다! 인생이란 정말 재미있다는 걸 비로소 알았다! 그런 말도 자주 했다.

에리코는 일 때문에 한 달에 몇 번쯤은 늦게 퇴근한다. 광고잡지가 제자리를 잡아서 격월간이라 해도 판형은 예전보다 커졌다. 에리코는 잡지 일 외에도 좌담회 사회나 인터뷰, 카메라 탐방 같은 코너를 담당하기도 해서, 늘 일에서 손을 뗄 수 없는 형편이다. 야심은 없지만, 에리코는 자신의 현 위치를 확실히 지킬 수 있는 능력만은 은밀히 갈고닦아놓고 싶었다.

그리고 편집자라고도 할 수 없는 위치지만, 이런 일을 하다보면, 얼굴이나 인맥 같은 게 얼마나 소중한 자산이란 걸 실감할 수 있다.

많은 사람을 아는 게 직업상의 무기가 될 수 있기에, 되도록이면 좋은 인상을 심어주어야 한다. 에리코는 몸집이 작고 여윈 편이며, 하얀 피부에 웃으면 오른쪽 볼에 작은 보조개가 생기고, 쌀알 같은 작은 이가 반짝인다. 짧게 자른 자연스런 헤어 스타일에 스웨터와 청바지를 입고 출근하면, 이제 갓 대학을 졸업한 사회 초년생으로 보인다. 상공회의소의 어른들은 자주 이런 말을 한다.

"자네하고는 오래 얼굴을 본 사이지만, 언제 보아도 나이를 모르겠어. 우리 회장이 아직 살아 있을 때부터 본 얼굴인데 말이야."

"예. 이제 서른밖에 안 된걸요" 하고 에리코는 웃으면서 말하지만, 올해, 마흔둘이다.

오사카의 거리에서 남이 다 가져가고 남은 자투리 일들을 거두어들이며 만들어내는 잡지 인생이지만, 에리코는 충족감을 느끼고 있었다. 길가의 은행잎이 노랗게 물들었다가 다시 파래지고, 노랗게 물들어 바람에 떨어지는 순환을 수도 없이 보아왔다. 기업의 높은 자리에 앉은 사람들이 바뀌고, 그때마다 소개를 받아 새 사장에게 인터뷰를 하러 가서,

"바쁘신 중에 이렇게 시간을 내주셔서 정말 감사합니다. 일본에서도 유명한 주당이라는 소문을 들었는데요, ×× 기계공업의 ○○○ 사장님과 술친구라는 게 정말인가요?" 하고 웃으면서 말한다. 옛날에는 그런 말을 한다는 것 자체가 얼마나 두려웠는지 모른다. 고생해서 겨우 만난 상공회의소 회장이, 이 여자애가 무슨 질문을 할까, 하는 눈길로 바라보면 그만 무서워서 눈물을 글썽이기까지 했던 것이다.

에리코는 '나이를 알 수 없는 여자'라는 말을 자주 듣는데, 그 이상으로 남편이 있는 여자라는 사실을 잘 모르는 것 같다. 비즈니스 관계자 외에는 별로 아는 사람이 없지만, 에리코는 히데오가 있어서 일하는 즐거움이 배가 된다고 생각하고 있다. 에리코가 늦게 퇴근할 때는, 히데오가 음식을 만들어 기다려주기도 한다.

"먼저 먹지 그랬어."

"아냐. 어떻게 혼자서 먹어. 에리코하고 먹지 않으면 재미없어. 혼자서 먹으면 무슨 맛인지도 몰라. 모래를 씹는 기분이야."

그런 말을 들으면, 에리코는 가정이 둘이라도 아무 상관 없고, 아무리 돈이 들어도 괜찮다는 생각이 든다. 히데오와의 생활이 결코 '비싼 건 아니다'라고 생각하는 것이다. 그러나 에리코는 그런 속내를 히데오에게 드러내지는 않는다. 다만, 자그만 보조개를 내보이고, 작은 이를 반짝이며 웃는다. 몸집이 자그만 에리코는 손도 발도 작다. 보통 사람보다 덩치가 큰 편인 히데오 옆에 붙어 서면 고목나무에 매미다. 히데오는 정교한 인형 같은 에리코가 너무 귀여워서 견딜 수 없다는 표정이다.

에리코는 애를 낳지 않기로 했다. 신혼 초에는 좀 망설였지만, 이미 생활 기반도 잡았고, 구태여 두 사람의 안정된 생활에 아이를 끼워넣을 여유도 없었다. 자신이 귀여움을 받으며 사는 편이 더 좋았다. 그런 생각을 했기에 아이들이 놀러와서 즐겁게 떠들고 노는 것을 질투했는지도 모른다.

그 아이들도 다 자라 이제 집으로 찾아오지 않는다. 에리코는 히데오와 단둘만의 생활을 한층 더 즐길 수 있게 되었다. 그러나 그런 생활이 즐거우면 즐거울수록 불안한 느낌이 들었다. 무엇 때문인지는 알 수 없지만.

히데오가 출근하고 나면, 에리코는 뒷정리를 하고 집을

나선다. 산에 인접한 이 지역은 평지보다 기온이 낮아서 겨울에는 커튼이 창에 얼어붙고 만다. 신선한 공기를 마시며 에리코는 자전거를 타고 역까지 간다. 전철에 올라 도심지까지 흔들리며 가는 사이에 불안인지 불만인지 모를 그것의 실체를 알게 되었다.

히데오는 그럴 생각이 아닌지 모르지만, 어쩐지, 그가 덴노지를 본가로 생각하고, 이쪽을 별가로 생각하는 것 같은 느낌.

법률적으로는 에리코가 아내이고, 십 년이라는 결혼생활을 해왔지만, 히데오의 의식 속에 어떤 인생의 밑그림이 그려져 있건 간에 덴노지에는 자식이 있고, 전처가 있고, 노모가 있고, 히데오 명의의 집과 토지가 있다.

에리코에게는, 학교에서 문제를 일으켜 가족의 머리를 아프게 하는 아들에 이르기까지, 그 모든 것이 그쪽 가정의 존재감을 강하게 하는 것으로 보였다. 다케시는 어릴 적에 가끔 아버지와 함께 욕탕에 들어가서는 좋다고 캬캬 고함을 치며 즐거워했는데, 아버지의 관심을 끌기 위해 일부러 폭행 사건을 일으킨 건지도 모른다.

히데오는 덴노지의 집에서는 단 한 번도 머물지 않았다.

교코가 돌아와서가 아니라, 옛날부터 그랬는데, 에리코는 왠지 그가 자신과의 생활을 이차적인 가정, 또는 작은집으로 생각할지 모른다는 느낌에 사로잡혔다.

히데오는 덩치가 커서, 에리코가 몸을 움츠리면 그 안에 쏙 들어간다. 마치 예전에 막내딸이 그의 무릎 사이로 쏙 들어갔듯. 추운 겨울날 밤, 아무것도 걸치지 않은 에리코의 몸을 히데오의 몸이 담요처럼 감싸준다. 지평선 끝까지 펼쳐진 담요처럼, 뜨거운 체온에 무겁지 않으면서도 대단한 힘을 감추고 있는 히데오의 몸, 따스한 환상과도 같은 그 몸이 갑자기 호색의 날다람쥐처럼 하늘을 날아서 에리코를 덮치면 얼마나 황홀한지 모른다. 그 정열과 변신이 일상과는 차원이 다른 분위기를 자아내기 때문에 더욱 짜릿하고 환상적인 것이다. 에리코는 히데오와 함께하는 시간이 너무도 충실하고, 자랑스럽고 행복했지만, 어딘지 모르게 이 결혼생활이 비현실적이라는 생각을 떨쳐버릴 수 없었다.

화를 낼 때조차 바셋하운드 같은 삼백안으로 변하는 귀여운 히데오가, 에리코는 좋았다. 결혼한 지 십 년이 지난 남편이 아직도 좋다는 건 좀 이상하지 않은가 하는 생각이 가끔 들기도 했다.

그만큼 히데오는 따스하고 마음이 잘 맞는 남자지만, 그런 그를 가능하게 하는 것이 덴노지의 집이 모든 일상적 차원의 일을 떠맡고 있기 때문인지도 모른다.

실제로 에리코와 생활을 하면서 기분 상할 일은 하나도 없다. 히데오는 덴노지에 갔다가 서둘러 아파트로 돌아온다.

그리고 덴노지에 갈 때마다 불쾌한 표정을 짓는다.

속세의 정에 얽매어 어쩔 수 없다는 듯한 표정으로 히데오는 그곳으로 간다. ……본가는 의무에 지나지 않는다.

에리코는 일을 하면서 하루 종일 세컨드하우스의 망상에 사로잡혀 있었다.

저녁나절, 평소보다 빨리 일을 마쳤지만, 돌아와서 보니 히데오가 없었다. 그냥 쉬고 있는데 전화가 걸려왔다.

"오늘 늦을 거야" 하고 히데오는 잠시 망설이다가,

"다케시가 아침부터 사라졌어. 오늘 학교에 가지 않았다고 해. 오늘 밤, 내가 오는 줄 알면서 말이야."

"어디 간 줄 알아?"

"몰라. 가출은 아닐 거라고 생각하지만."

"가출이라니 설마 그럴 리가……."

"아직 몰라. 바보 같은 자식이니까."

히데오는 꽤 흥분해 있는 것 같았다.

"오늘밤 다케시가 돌아올 때까지 여기서 기다릴 거야."

에리코는 대답할 말을 잊었다. 다케시가 가출을 하건 증발을 하건, 솔직히 에리코는 아무런 관심도 없기에, 마음에도 없는 위로의 말은 할 수 없었다.

"알았어" 하고만 대답했다.

같이 식사라도 할 생각이었던 카메라맨 청년은 출장 나간 곳에서 전화해서는, 현장에서 바로 퇴근하겠다고 말했다.

사무실은 요도야바시 남쪽에 위치한 낡은 빌딩이지만 경치는 좋다. 멀리 보이는 빌딩군의 불빛이 밤의 기운을 타고 강한 빛을 발하고 있고, 하늘은 밝은 감색이었다. 이런 겨울밤, 요도야바시에서 오에바시를 거쳐서 강바람을 맞으며 북쪽으로 걸어가면 정말 기분이 좋다. 히데오의 회사는 혼초에 있는데, 가끔 이곳으로 불러내,

"걸을까?"

"응" 하고 서로 화답을 하며 우메다까지 가곤 했다. 막 결혼했을 때뿐만 아니라, 요즘도 그런다.

그렇게 걸어서, 북쪽 신치는 음식값이 비싸니까, 소네자키 부근에서 식사를 하고 돌아간다. 이런 추운 겨울밤이면

늘 싼 복어찌개를 먹었는데…….

사무실을 나서려는데, 전화가 왔다. 히데오였다.

"아직 있어?"

"이제 돌아가려는 참이야."

"그래, 다케시는 돌아왔어?"

"……."

"지금 학교 선생님이 와 계셔. 다케시는 사과하지 않겠대."

"……."

"학생주임 선생도 와 있어. 허 참…… 어쨌든 돌아와서 다행이야. 걱정할 것 같아서……."

"……그럼."

"어디 가는데, 지금부터."

에리코는 딱히 생각해둔 것도 없었지만, 갑자기,

"저기, 복어찌개 집. 혼자 가도 해줄지 몰라."

"복어찌개?"

히데오는 갑작스런 말에 당황한 것 같았다.

"세상 편하구만. 여긴 이제부터가 문제야."

"끝나고 오면 되잖아? 나머지는 선생에게 맡기고."

"그렇게는 안 될 것 같아" 하고 히데오는 짜증스런 목소리로 말했다.

"그럼" 하고 전화를 끊어버렸다.

세상 편하구만, 하는 부아가 치민 듯한 히데오의 목소리에 에리코도 조금 불쾌해졌다.

'나하고는 아무 상관없잖아, 그런 건…….'

현실적으로 십 대의 풋내기가 옆에서 어슬렁거리는 일을 겪어본 적 없는 에리코는 그런 분위기를 알 리 없다. 선생에게 사과하지 않겠다고 고집 부리는 고등학생의 분위기도, 우르르 몰려왔다는 선생들의 거창한 행동도, 도무지 이해할 수 없었다.

그런 비상사태에 초조해하고 짜증을 내는 히데오에게도 반발심만 느껴질 따름이었다.

전철을 타고 복어찌개 집으로 갔다.

나중에 한 사람 더 온다고 하고 구석 자리에 앉아 장갑과 모자를 벗는다. 구두를 벗고 위로 올라가, 칸막이 너머에 숨어들었지만, 보조개가 예쁜 웃음도 나오지 않고, 마흔두 살의 후줄근한 얼굴이 되어버린다.

벚꽃잎 같은 복어 회가 청자 접시에 깔려 나왔다. 히데오와 에리코는 늘 이 아름다운 회의 진열을 눈으로 즐긴 후,

그것을 무너뜨리기가 아까운 듯한 표정으로,

"먼저 들어" 하고 서로 웃음을 주고받으며 먹었다. 히데오는 술이 약해서 복어 지느러미가 든 정종을 한 잔만 해도 충분하지만, 에리코는 두 잔을 마셨다.

혹시 히데오가 올지 모른다고 2인분을 시켰더니, 평소처럼 아름다운 자태를 뽐내며 음식이 나왔다.

복어 지느러미 술이 온몸의 피를 휘젓자, 손바닥을 뒤집은 듯이 기분이 좋아졌다. 에리코는 수첩을 보면서, 덴노지로 전화를 걸어보았다. 십 년 동안, 단 한 번도 걸어본 적이 없지만…….

"예."

중년 여자의 목소리가 들려왔다.

"저, 히데오 씨 계세요?"

"아, 아버지요? 지금 아들하고 다투다가 몸싸움이 벌어져서, 장남이 겨우 말리긴 했지만, 유리창이 깨지고…… 지금 둘이 붙어서 나가기가 힘들 것 같아요."

전처 교코인 것 같았다.

그리고 그녀도 이쪽이 에리코인 줄 알고 있는 것 같았다.

"정말 미안해요. 좀 있다 걸어주시겠어요?" 하고 전화가 끊겼다. 그녀도 흥분한 상태인 것 같았다.

말 많은 여자라는 느낌이 들었다. 아둔한 소는커녕 혀가 너무 잘 돌아가는 사람 같았다.

그녀가 묘사한 그 집의 정경도 충격적이었다. 에리코로서는 상상도 할 수 없는 세계라 그냥 겁이 났다. 그런 세계에서 보자면, 저녁나절 찬바람이 불어오는 다리 위를 서로 기대어 걷다가, 복어 회가 깔린 아름다운 접시를 바라보는 인생이란 얼마나 낭만적일까.

에리코는 세상 편하게 산다는 히데오의 말과, 지금 둘이 붙어서 가기 힘들 것 같다는 교코의 거침없는 말 사이에 샌드위치처럼 끼어 기분이 나빠지고 말았다.

본처에게 전화한 정부라도 된 듯한 기분이었다.

애를 태우며 서로 싸우며 사는 것이 진정한 삶이 아닐까 하는 기분이 들었다.

에리코의 감미로운 생활은 히데오에게는 거품 같은 인생에 지나지 않는다는 생각이 들어, 에리코는 그만 풀이 죽고 말았다.

여자의 욕심이라고 할까, 질투라고 할까, 에리코는 그런 것까지 포함해서 히데오를 자신의 사람으로 만들고 싶었다.

문득, 아까 히데오의 목소리에는 하나도 기분 나쁜 울림이 없었다는 사실을 깨달았다. 불쾌해할 수 있을 정도로 느긋한 기분으로는 살아갈 수 없는 세계일 것이다. 그런 생각을 하다 보니, 히데오를 향한 동정심이 일었다.

그렇다고 해서 히데오와 함께 애를 태우며 싸우는 생활을 하고 싶지는 않다. 신혼 초에 아이들을 돌보는 게 자신없다고 스스로 세컨드하우스의 감미로움을 선택했기 때문이다.

히데오는 재미를 보고 살려고 하다가, 덴노지와 에리코를 모두 짊어지는 지경에 빠지고 말았다.

에리코는 방금 전화를 받은 교코처럼, 숨을 헐떡이며 전화를 받아보고 싶었다. 히데오와 감미로운 시간을 공유하고 싶기도 하지만, "지금 둘이 붙어서 나갈 수 없어요!" 하고 외쳐야 할 정도로 히데오와 고통을 함께하고도 싶었다.

어느 쪽이 좋은지 에리코는 알 수 없었다. 교코의 말투에는, 정말 당신은 세상모르는 사람이군, 하는 선망의 느낌이 배어 있었다. 그와 함께, 히데오에 대해서는 애를 태우며 같이 싸워야 하는 동료애 같은 느낌을 가지고 있는지도 모른다. 에리코는 망설였다. 어떻게 하면 좋을까. 짐은 벌써 다 싸두었지만, 어디로 길을 떠나면 좋을지 몰랐다. 그건 조금 전에 전화를 받은 교코라는 여자도 마찬가지일지 모른다. 그리고 그 짐을 반씩 감당하고 있는지도 모른다는 생각이 들었다.

찌개가 끓기 시작했다. 에리코는 젓가락을 집어 들었다.

사로잡혀서

도시락을 다 쌌는데도 미노루는 집을 나서려 하지 않는다.

“벌써 열한 시야” 하고 리에가 말했다.

“알고 있어!”

미노루는 토라진 목소리로 말했다. 텔레비전을 보고 있긴 하지만, 그냥 눈만 가 있을 뿐, 무슨 생각에 잠긴 것 같았다.

‘망설이고 있어…… 이제 와서.’

리에는 그게 이상했다. 미노루가 얼마나 우유부단한 성격인지는 이미 알고 있었기에, 그의 망설임이 손에 잡힐 듯이 느껴졌다.

그도 자신의 그런 성격에 화가 치미는지 짜증을 내면서 턱도 없이 애꿎은 리에에게 신경질만 부린다.

그러나 리에에게 노골적으로 화를 낼 수는 없다.

사태를 이렇게 만든 건 모두 미노루 자신이니까.

"보온병 물을……."

이런 지경이면서도 리에의 목소리는 편안하다.

평정을 유지하려고 애를 쓰는 것도 아닌데, 자연스럽게 그런 목소리가 나온다.

"컵에 따르면 된장국이 돼. 조개하고 된장이 컵에 들어 있으니까 뜨거운 물만 부으면 되는 거야."

"……."

"어두워지기 전에 도착해야지. 안 나가?"

리에는 식탁에서 천천히 커피를 마신다. 키가 큰 리에는 손도 크다. 뼈가 툭 불거진 두 손으로 감싸 쥔 지노리 커피잔이 작아 보일 정도다. 리에와 미노루는 둘 다 지노리의 이탈리안 푸르트 디자인을 좋아해서 자색 나무 열매와 파란 꽃이 그려진 커피잔 세트를 하나에 1만 3천 엔씩이나 주면서 두고두고 사들였는데, 네 세트를 샀을 때, 이혼하는 지경에 이르고 말았다.

"그렇게 생각에 잠겼다가 교통사고라도 일으키면 어떡해?" 하고 리에는 가볍게 웃는다.

"신부가 다치면 분위기 망치잖아."

"너무 그렇게 비꼬지 마" 하고 미노루는 다가와서 의자에 앉았다.

"나도 커피 한 잔 줘."

"아니, 내게 커피 달라고 하지 마. 벌써 우리는 남남이니까."

"되게 면박 주네. 그럼, 남에게 한 잔 따라봐."

"마지막 커피를 말이지."

"그만 좀 구박해."

"구박받고 싶지 않으면 빨리 나가."

"그게…… 뭐라고 해야 하나, 어쩌다 보니 이제 이곳에 올 수 없는 신세가 되고 말았어. 리에와 남남이 된다니, 아직 잘 모르겠어, 실감이 안 나. 정말로 이혼하는 건가, 내가? 그런 느낌이 들어."

"이제 와서 무슨 말 하는 거야."

"꿈을 꾸는 것 같아."

"꿈처럼 달콤해?"

"아니…… 기쁘고 슬프고 그런 게 아니라 복잡한 기분이야. 리에와 헤어질 용기가 내게 있을까 하는 생각이 들어."

"그렇게 해놓고선 왜 그래."

"그런 말을 들으면 괴로워."

미노루는 리에보다 세 살 아래다.

커다란 덩치, 조금씩 배가 나오기 시작한 몸 위에, 조금 늘어진 듯한 동안이 매달려 있다. 서른둘치고는 순진한 표정에 성격도 온순하다. 그래서 여자들에게 비교적 인기가 있는 편이지만, 리에가 보기에는 어딘지 모르게 중심 뼈대가 없는 상냥함이다. 그것이 어린애 특유의 천진무구한 잔혹함과 통한다는 것을 리에는 너무도 잘 알고 있다.

'어른이라고 보기에는 결함이 많은 상품이야.'

그런 생각을 하면서도 옛날에는 그 어린애 같은 에고나 순진한 상냥함이 너무 귀엽게 느껴졌다. 그러나 일단 일이 터지고보니 역시 결함 상품이라는 사실이 확연히 드러났다.

'인간이란 정말 쉽게 맹종하고, 쉽게 헤매는 존재야.'

리에는 그런 생각을 해본다.

그런 말을 들으면 괴롭다고는 하지만, 정말로 골수에 맺힐 정도로 리에와 헤어지는 것을 괴롭게 생각하는지는 알 수 없다.

원두를 직접 갈아서 뽑은 커피를 지노리 커피잔에 가득

따른다. 그 모습을 지켜보던 미노루는 금세 그 커피잔에 마음을 빼앗긴듯,

"그거, 자기 거야?"

"그럼."

"내 거는 넣었어? 짐 안에."

"넣었지, 정확히 두 개."

찻잔과 접시를 두 세트씩 정확히 나누었다. 리에와 둘이서 사 모은 추억의 지노리를, 미노루는 이제 그 여자와 사용할 것이다.

약간 얼이 빠진 듯하고 무신경한 미노루답게 아무런 감회 없이 사용할 수 있을 것이다.

"영국제 의자도 가져가잖아."

그것은 둘이서 서양 골동품점에서 산 오래된 나무 의자다.

"그거랑 육각형 벽시계도."

"아, 그건, 글쎄, 자기가, 가져가고 싶은 게 있으면 뭐든 가져가라고 하니까."

"그건 그렇지만, 모두, 우리 둘이서 산 거야. 그런 걸 모두 가져가면……."

"싫다면 돌려줄게. 그렇지만 시계도 의자도, 모두 익숙해져서 사용하기가 편해."

그보다 더 익숙한 건 팔 년이나 결혼생활을 한 내가 아닌가, 하고 리에는 생각했다.

미노루는 찻잔을 내려놓으면서 물었다.

"그런데, 앨범 사진, 가지고 가도 될까?"

"왜?"

"왜는. 헤어지면 사진도 제각기 가져가는 게 좋을 것 같으니까."

"정확해서 좋네. 마음대로 해."

미노루는 책장에 꽂힌 앨범을 펼쳐서 자기 혼자 찍힌 사진을 열심히 가려내기 시작했다. 리에와 둘이서 찍은 사진은 건드리지 않았다. 자기 혼자만의 역사를 앞으로도 이어나갈 생각일까.

"다 가져가" 하고 리에는 상냥한 목소리로 말했다.

"그런 다음 필요한 것만 빼내고, 나머지는 버리든지 불에 태우든지 하면 되잖아."

"그렇게 자포자기하지는 마."

"자포자기라고?"

리에는 웃고 말았다. 리에는 정말로 아무런 집착도 없었다. 그래서 이렇게 마지막 순간에도 웃을 수 있는 것이다.

"난 평소하고 똑같아."

"그런데, 도시락 반찬은 뭐야?"

미노루는 갑자기 앨범을 밀치고 물었다.

"나중에 펼쳐보는 즐거움으로 남겨두는 게 어때? 그렇게 우물쭈물하지 말고 빨리 나가. 오카야마까지 세 시간? 차라도 막히면 큰일이니까."

"꼭 몇 시까지 가야 한다는 약속은 없어. 그리고 도중에 차를 세우고 혼자서 도시락 까먹는 것도 싫어."

"이상한 사람이네. 자기가 차로 오카야마까지 가야 하니까 도시락 만들어달라고 했잖아."

"그건 그렇지만, 혼자서 먹는 외로움도 고려해줘야지."

"거기 가면 히로코 씨가 기다리고 있잖아. 히로코 씨 집에서는 부모형제가 모여 네가 오기를 기다리고 있고, 하루라도 빨리 결혼식을 올리자고 모두 안달하고 있잖아. 사 개월이라고 했어, 벌써?"

"오 개월."

엉뚱하지만 솔직한 면이 있는 미노루가 리에의 말을 정정

했다.

“아, 그래. 이제 슬슬 사람들 눈에 띌 때도 됐으니 빨리 식을 올려야겠네. 자기 친척들은 안 와?”

“누나가 올 거야.”

“아, 벌써 거기까지 이야기가 진행되었어?”

“아니, 갑자기 그렇게 됐어. 정말이야.”

“흥. 자기는 별 생각이 없으니까 아무 상관 없겠지.”

리에는 평소의 버릇대로, 머리를 약간 갸우뚱해 보인다. 광대뼈가 툭 튀어나온 긴 얼굴이 쓸쓸하면서도 억센 느낌을 주기도 하지만, 아름답게 보이기도 한다는 것을 리에 자신도 잘 알고 있었다. 유들유들한 성격에다, 보기보다 자부심이 셌다.

“그건 그렇고, 도시락, 여기서 같이 먹자.”

“그건…….”

“자, 어서, 괜찮아.”

미노루가 도시락을 펼치는 바람에 리에도 어쩔 수 없이 차를 끓였다. 이혼 합의서는 진작에 제출했지만, 미노루가 옮겨 갈 교토의 연립주택 공사가 늦어지기도 했고, 짐을 정리하는 데도 시간이 걸려서 둘은 계속 같이 지냈다. 오늘 나가면, 비로소 끝장이 난다.

"그래, 마지막이니까, 그렇게 해."

"마지막, 마지막, 자꾸 그러지 마."

같이 식사를 하게 되자 미노루는 갑자기 마음이 풀어진 듯,

"오카야마는 내일 가도 돼. 하룻밤만 더 자고."

"아, 안 돼, 그건. 다른 사람이 어떻게 생각하겠어. 자고 싶으면 교토에 가서 자. 다른 사람 눈도 있으니까."

"우리가 말하지 않으면 아무도 몰라."

"내가 싫어."

리에는 된장국을 다시 끓였다. 도시락을 펼친 미노루는 만족스러운 듯 두 손을 비비면서,

"미트볼이로군……" 하고 중얼거렸다.

미트볼 조림, 식초에 절인 연근에 계란부침(이건 미노루가 가장 좋아하는 거라 반드시 넣어야 한다), 밥에는 검은깨를 뿌렸고, 미노루가 좋아하는 가지와 오이장아찌를 곁들였다. 리에는 자신을 위해서도 똑같은 반찬을 만들었다. 그 반찬들을 올려놓자 미노루는 만족스러운지 길게 숨을 내쉬더니, 도시락을 안다시피 하고는 바쁘게 젓가락질을 시작했다.

식욕은 전혀 줄지 않았다.

미노루는 대식가다. 술엔 약하지만 밥은 너무나 좋아한다. 그것도 리에가 차려주는 식탁을 제일 좋아했다.

리에는 부인복 제조회사에 십 년이나 다니고 있다. 영업부에 소속되면서부터 일이 바빠졌는데, 지방 소매점이나 도매점으로 출장을 가기도 하고, 업계의 컬렉션 쇼와 백화점을 둘러보기도 하고, 디자이너와 회의를 하느라 하루가 어떻게 지나가는지 모를 정도로 정신이 없다.

일주일에 하루는 비즈니스 관계자들과 식사를 한다. 그런 날도 집에 돌아와서는 미노루를 위해 식사를 준비한다.

리에는 딱히 요리를 잘하는 편은 아니지만, 미노루의 기호와 컨디션을 감각적으로 파악하여, 이런저런 요리를 고안해서 만들어낸다. 그런 음식이 미노루의 식성에 잘 맞는 것 같다.

"식당 음식은 먹을 수가 없어. 집에서 먹는 밥이 제일 맛있어."

미노루는 늘 그런 말을 했다.

도시락을 먹으면서 미노루는,

"정말 맛있어. 이렇게 맛있는 밥을 이제 못 먹게 된다니…… 또 올 수 있다면, 여기 와도 돼?"

"바보 같은 소리 하지도 마. 무슨 생각 하는 거야. 이제 볼 일도 없잖아. 그리고 나, 다른 곳으로 이사 갈 거야."

"다른 곳으로? 그런 말 한 적 없잖아."

미노루는 눈을 동그랗게 뜨고 어쩔 줄을 몰라 했다.

"왜 이사를 해? 그렇게 심술 부릴 필요는 없잖아."

"심술은 그쪽이 부렸지. 갑자기 그런 말로 사람 놀라게 하고선."

"그건 정말 미안해."

미노루는 더이상 말을 잇지 못했다.

리에는 몇 번이나 같은 말로 따지고 싶지는 않지만, 설마 결혼한 지 팔 년이나 된 시점에서, 그가,

"저, 그냥 숨기고 있었는데, 거래처 여자애랑 묘한 관계가 되고 말았어" 하고 말할 줄은 몰랐다.

"그 애, 만일 나랑 결혼하지 못하면 죽겠다고 해."

미노루는 망연자실한 표정으로 그렇게 말하면서 머리를 긁적였다.

"죽는다고? 그런 말을 어떻게 아무렇지도 않게 할 수 있어?"

리에는 그날, 회사에서 안 좋은 일이 있어서 미노루에게 투정이라도 부리고 싶은 기분이었지만, 집에 돌아와서 그런 말을 듣고 나니 오히려 맥이 빠지고 말았다.

"애가 생겼어."

리에는 숨을 쉴 수 없었다. 미노루는 눈길을 돌린 채,

"미안해. 오늘 말할까, 내일 말할까 망설이다가 이렇게 시간만 흐르고 말았어."

"……."

"저, 나, 어떡하면 좋아?"

리에는 원망스런 눈길로 미노루를 멍하니 바라보았다.

"미안해" 하고 미노루는 고개를 숙였다.

그런 지경에서도 미노루의 늘어진 눈은 반쯤 웃는 듯이 보인다. 본인은 혼날 각오를 하고 반쯤 고개를 숙이고 있지만, 리에는 심장이 두근거리고 정신이 아찔해서 아무것도 보이지 않았다.

손이 떨려서 장갑도 벗지 못하고 있었다.

미노루의 말이 리에의 가슴을 새카만 먹물로 만들어버렸다. 미노루는 거짓말을 할 사람은 아니지만, 여태 숨겼다는 것은 거짓말보다 더 나쁘다.

"애가 생겼어."

먹물 자국은 평생 지워지지 않을 것이다. 너무나 갑작스러워서 더욱 그랬다. 먹물 방울이 여기저기 튀어서, 몸도 마음도 씻을 수 없을 정도로 더러워진 것만 같았다.

결혼하고 팔 년 동안 리에는 임신을 하지 못했다. 피임을 한 것도 아니고, 의사는 가능성은 충분히 있다고 했지만, 어찌 된 영문인지 임신을 할 수 없었다. 그렇지만 미노루와 맞벌이 생활을 하면서 만족스럽고 즐거웠다.

"애는 없어도 좋지?"

"응, 없어도 상관없어."

미노루도 찬동해주었기에 리에의 인생에서 아이라는 요소는 자연스레 사라져버렸다. 그런데 갑작스럽게 아이 이야기가 나오게 되었고, 그 말을 듣는 순간, 리에가 맨 먼저 생각한 것은,

'아, 그건 벌써 내가 지나온 길, 놓쳐버린 열차가 아닌가, 그런데 또 미련을 가지라는 거야?'였다.

감당할 수 없는 혼란이었다.

"어떡할 생각이야?"

"어떻게 하면 좋을까? 누나는……."

"누나에게 얘기했어?"

"응. 둘이서 의논해보라고, 자기 말고, 저쪽하고 나."

부모님이 세상을 떠나고 없어서 미노루에게는 누나 부부가 부모나 마찬가지다.

리에는 미노루의 누나를 좋아하지 않는다.

결혼할 때부터 세 살이나 연상이라고 반대했다. 미노루와 리에는 같은 회사를 다니다가 연애해서 결혼했기 때문에, 리에는 결혼 후 퇴직하고 다른 직장을 찾아야 했다. 미노루의 누나는, 여자가 일을 하니까 애를 못 낳는다고 불평했다.

애는 없어도 된다고 하던 미노루의 태도도 조금씩 바뀌어 갔다.

"애가 있었으면 좋겠어. 리에에게는 미안하지만, 나도 다른 사람들처럼 살고 싶어"라는 미노루의 말을 듣고, 누나가 참견하고 있구나, 하고 짐작했다. 미노루에게 뭐라고 한 것이 분명했다.

"그 애 몇 살인데……"라고 묻는 리에의 목소리가 갈라져 나왔다.

"스물셋."

"이름은?"

"오하라 히로코."

"좋아해?"

"좋아한다기보다는, 재미있는 사람이야."

리에는 옷도 갈아입지 못한 채 그대로 의자에 앉아 할말을 잊고 말았다. 농담도 할 수 없었다. 기력이라도 넘쳤으면 무슨 말이라도 했을 테지만, 마침 기분이 가라앉아 있어서 자기연민의 눈물만 스멀스멀 구토처럼 치고 올라왔다.

그런 감정이 갑자기 수그러든 것은, 그 순간, 미노루가,

"밥" 하고 말했기 때문이다. 리에는 자신의 귀를 의심했다.

"엉?"

"밥. 빨리 밥 줘. 배고파."

"지금 내가 밥 차릴 때야! 먹고 싶으면 자기 손으로 해 먹어!"

"뭘 먹어? 오늘 저녁은 뭐야?"

벼락이 떨어지고, 창이 빗발처럼 날아 오더라도, 자신의 바람기가 발각이 나더라도, 어쨌든 리에가 밥을 지어주리란 것을, 미노루는 조금도 의심하지 않았다. 그것은 자신의 욕망에 충실한 빛나는 에고였다.

리에에게 고백한 것도 윤리적인 고뇌나 사죄하기 위해서

가 아니라, 비밀의 무게를 견디지 못하고 뭐든 금방 털어놓고 마는 경박한 성격 탓일 것이다.

한스러운 눈물도, 자기연민의 눈물도 말라버렸다. 리에 자신은 식욕이라고는 하나도 없었다. 기가 찼다.

침대에 들어가서 혼란을 정리해보려고 했지만 아무 소용이 없었다. 스물세 살 난 젊은 여자가, 결혼해주지 않으면 죽어버리겠다 하고 있고, 미노루는 그녀를 재미있는 여자라고 말한다. 그 사태를, 미노루의 그런 말들을, 어떻게 정리하면 좋을지 몰랐다. 미노루는 여자애들에게 꽤 인기가 있었지만, 그런 이야기는 식탁의 분위기를 돋우는 농담거리에 지나지 않았다. 그런데, 그게 설마 이런 식으로 발전할 줄이야. 문득, 목덜미와 손가락이 아프다. 일어나서 살펴보니 커다란 액세서리를 한 채 그냥 누웠다는 것을 알았다. 리에는 덩치가 큰 편이라 액세서리도 말의 눈알처럼 커다란 것으로 줄줄 달고 다닌다. 얼마나 충격을 받았으면 그것을 그냥 차고 누웠을까.

미노루는 방 안을 엿보고,

"저어……" 하고 머뭇거리면서 물었다.

"저어…… 라면 어디 있어?"

"시끄럿!"

리에는 미노루가 미웠다. 침대에서 벌떡 일어나 머리맡의 잡지를 집어 미노루에게 던졌다. 미노루는 갑작스럽게 날아온 잡지를 피하지 못하고 가슴에 맞고는,

"왜 그렇게 화를 내는 거야……" 하고 기어 들어가는 목소리로 말했다. 리에는 화를 내는 법이 거의 없었다. 아니, 결혼한 이후로 단 한 번도 화를 낸 적이 없었다. 미노루의 늘어진 눈이 삼백안(눈동자가 위 또는 아래로 처져 한가운데 위치하지 않은 눈—옮긴이)으로 변하고, 놀라움으로 화들짝 열렸다. 리에는 늘 상냥스럽게 사람을 대하고, 화를 내거나 다른 사람을 욕하거나 하는 법이 없었기에, 미노루는 그 모습을 보고 크게 놀란 듯했다.

"아, 무서워서."

그래도 리에의 태도가 변하지 않자 오히려 미노루는,

"뭐야, 라면도 사놓지 않고서!" 하고 눈을 부라리며 화를 냈다. 배가 고프면 금방 화를 내는 성격이다.

리에는 그때까지 속이 뒤틀려 견딜 수 없었지만, 그 말을 듣는 순간 갑자기 나사가 풀어지고 말았다. 원래 한 박자쯤 어긋난 듯한 미노루의 그런 성격을, 리에는 애교로 여겨 재

미있어했다. 리에는 갑자기 기가 죽어서,

"라면, 두 번째 선반에 있어" 하고 맥없이 말했다.

"그때 왜 울지 않았어? 울면, 가여운 여자라 생각해서……" 하고 나중에 미노루가 그런 말을 했다.

"그럼 안 나갔을까?"

"그건 모를 일이지."

미노루는 솔직하게 말했다.

"그럼 울어도 아무 소용없잖아."

리에는 웃었다. 리에는 화가 났지만 울며 매달리거나, 호소하는 성격이 아니었다. 상대가 그것을 받아들일 수 있어야 하는데, 미노루는 어딘가 한 박자가 뒤틀린 듯한 사람이라 그런 게 통할 리 없다.

어쩌면 오하라 히로코라는 여자애는 미노루와 잘 어울리는 사람인지도 모른다.

그녀는 배가 불러오자 회사를 그만두고 교토의 부티크로 직장을 옮겼다고 한다.

리에가 만나고 싶다고 하자, 미노루는 바로 연락을 취하여 그녀를 가부키자 건너편의 찻집으로 불러냈다. 눈발이 흩날리는 추운 날이었는데, 여자는 활기 찬 모습으로 찻집에 들어왔다. 눈이 동그랗고 입술도 두툼한 게, 좀 멍한 구석이 있어 보였다.

인조가죽으로 보이는 코트를 벗자, 헐렁하고 두터운 면상의가 나오고, 아래는 같은 색 바지에, 갈색 벨벳 벨트를 느슨하게 매고 있었다. 그런 복장 때문인지 배가 얼마나 부른지 잘 알 수 없었다.

"오하라 히로코라고 합니다. 부인이시죠? 미노루 씨가 사진을 보여줬어요."

막상 입을 연 그녀를 보니, 아직 어린 티가 남은 소녀 같았다. 리에는 만나서 무슨 말을 할지 미리 생각해두었지만, 눈앞에 마주하고 보니 준비한 말이 이 여자에게는 어울리지 않는다는 생각이 들었다. 그 대신 직업적인 시각을 드러내며, 마음에 걸리는 걸 물었다.

"좋은 옷을 입었네요. 그거, 어디 제품이에요?"

"이건 오사카 아메리카촌에 있는 '치쿠타쿠'에서 만든 거예요. 세일할 때 샀어요. 그 '치쿠타쿠'가 교토에도 가게를 냈어요. 바로 뒤에요. 안내할까요? 좋은 게 많아요."

"그렇군요. '모나미' 제품하고 비슷한 느낌이 들어서요.

'모나미'보다는 화려한 편이지만."

"교토 태생이세요?"

"아니에요. 오카야마예요. 그렇지만 학교는 교토였어요. 그 후로 줄곧 교토에서 살았고요."

여자애는 패션 이야기를 좀 더 하고 싶은 눈치였다. 이곳에 왜 리에를 만나러 왔는지 모르는 것 같았다. 그러면서도 방긋방긋 웃으며,

"부티크에서 일하면 예쁜 걸 보고 만지고 하면서 감동하기도 하고, 그러면 태교에도 좋을 것 같아서요" 하고 배를 어루만지며 말했다.

"태교?"

"예. 아기도 바깥에서 들려오는 소리를 다 듣는대요. 싸우거나 화를 내거나 심술을 부리면, 성격이 비뚤어진 애가 태어난대요."

그런 말을 들으면, 리에는 싸우거나 심술을 부릴 수 없다.

"부모님은 뭐라고 하세요?"

하는 말이라고는 고작 그 정도였다.

"처음에는 깜짝 놀라셨지만요, 내가 무슨 일이 있어도 낳겠다고 했어요. 얼마 후에 돌아갈 생각이에요. 어머니가 벌

써 병원을 예약해두었대요."

여자애는 부티크 '치쿠타쿠' 이야기를 할 때와 똑같은 표정으로 그렇게 말하더니,

"크림파페하고 주스" 하고 주문했다.

리에는, 이렇게 눈 내리는 추운 날에 그런 차가운 걸 먹다니 젊다는 건 정말 좋은 일이라고 생각했다. 여자애는 숟가락을 빨면서,

"부인도 빨리 애를 낳는 게 좋을 거예요. 노산은 힘들대요. 의사가 그러는데요, 내 나이가 애 낳기에 가장 좋대요" 하고 비꼬는 투가 아니라, 진짜로 그렇게 생각하는 듯한 기쁜 표정으로 말했다. 이 여자애에게는 사회적 상식이나 도덕은 아무 상관이 없는 게 아닐까, 건강한 아이를 낳는 것이 '치쿠타쿠' 브랜드의 옷을 입는 것과 똑같은 감각이 아닐까 하는 생각이 들어, 온몸에서 힘이 빠져버렸다. 이런 여자애를 앞에 두고 대화를 나눈다는 게 너무 바보 같았다.

"그럼 그렇게 해요. 건강한 애 낳으세요."

그래서 하고 싶지도 않은 말을 하고 말았다. 태교상 불쾌한 이야기를 해선 안 될 것 같아 그냥 밖으로 나와버렸다. 눈발이 흩날리고 있었다. 신사의 지붕도 하얗게 채색되어

있었다. 눈을 맞으며 걸었다. 코끝이 빨갛게 물들고, 왜 자신이 이런 꼴을 당해야 하는지, 발끝이 차가워지면서 점점 방광의 묵직함이 느껴졌다. 리에는 만성 방광염을 앓고 있어서 몸이 차가워지면 요실금이 생긴다.

눈에 흠뻑 젖은 채 찌릿찌릿 통증이 이는 아랫배를 끌어안아보니, 이젠 방광의 위치가 느껴지는 정도가 아니라, 벌써 염증이 생겨버린 것 같았다. 리에는 자신의 처지가 서글펐다.

건물 아래 쭈그리고 앉아, 눈앞에 보이는 찻집으로 들어갈까 말까 망설이고 있는데,

"괜찮으세요?" 하고 멍해 보이는 그 오하라 히로코가 말을 걸어왔다.

"우리 가게, 저기예요. 안에 들어가서 소파에 앉아 잠시 쉬었다가 신발이라도 바꿔 신는 게 어떨까요? 그런 하이힐은 너무 추워요. 그래서는 애가 안 생겨요."

다른 의도는 없어 보이는 밝은 말투가 더욱 리에의 가슴을 후볐다.

소파에 기대자 친절한 가게 주인이 발쪽에 전기스토브를 가져다 놓고, 뜨거운 차를 따라주었다. 리에는 겨우 정신을

차렸다. 눈발은 점점 더 거세졌다.

"오늘은 빨리 문을 닫아야 할까 봐…… 전차가 다니지 않으면 곤란하니까, 히로코짱, 빨리 퇴근해. 나도 갈 거야" 하고 여주인은 말했다. 리에는 히로코에게 부탁해서 미노루를 불렀다. 미노루의 회사는 교토에서 가깝다. 눈이 계속 내리면 메이신 고속도로도 불통될지 모르니 택시로는 갈 수 없다. 미노루의 부축을 받아 전차를 타는 수밖에 없다.

히로코의 전화를 받은 미노루가 한 시간 뒤 가게로 왔다.

매사에 박자가 안 맞는 미노루지만, 여주인에게는 깍듯하게 인사를 했다.

"정말 신세를 졌습니다. 감사합니다."

"자기, 히로코 씨에게도 신세 졌어" 하고 리에는 신음을 하면서 말했다. 히로코는 근처 약국에서 사온 뜨거운 찜질포로 리에의 아랫배를 따뜻하게 해주었다.

회사원 생활을 해서 그런지 비교적 주변에 신경을 잘 쓰는 여자애였다.

"정말 미안해" 하고 미노루는 히로코에게 말했다.

"몸조리 잘 하세요."

그런 히로코의 목소리는 역시 어딘지 모르게 멍하면서 밝다.

"내가 거길 왜 간 거야" 하고 리에는 자신을 질책하면서, 일주일 후에 과자 상자를 들고 그 가게를 찾아갔다.

그날은 히로코와는 다른, 몸매가 가녀린 젊은 아가씨가 가게를 지키고 있었다.

"아, 히로코짱은 고향으로 갔습니다. 점점 배가 불러오면 눈에 띌 테니까요."

엷은 자주색 안경을 낀 주인은 말이 많은 여자였다.

"아주머니는 히로코짱 남편의 누나라고 하더군요."

리에는 '남편의 누나'가 되고 말았다.

도시락에 든 미트볼은 서양식도 아니고 일본식도 아닌 퓨전으로, 간이 짙게 배어서 차가워도 맛이 살아 있다. 만든 본인인 리에도 맛있다고 생각할 정도니 미노루가 맛있게 먹는 건 당연하다. 좋아하는 계란부침이 있어서 더욱 만족스러운 것 같았다.

리에는 속으로 미노루의 미각을 만족시킬 만한 음식을 만들 수 있는 사람은 자신뿐일 거라고, 젊은 히로코는 음식도 제대로 못할 거라는 생각을 했다. (그렇다고 미노루를 음식으로 붙들어놓을 생각은 없었다.) 그러나 미노루는 뭘 먹든 배만

고프면, 맛있다는 말을 연발하면서 정신없이 먹을지도 모른다.

누가 만들어주어도 그런 말을 할 것이다.

또한, 그와 마찬가지로 저 오하라 히로코가 미노루와 결혼하지 못하면 죽어버리겠다고 한 말도, 멍한 본인의 품성에 어울리게 농담처럼 한 것인지도 모른다.

그런 생각을 하니, 마지막까지 남아 있던 느슨한 끈 하나가 툭, 하고 끊어지는 것 같은 느낌이 들었다. 갑자기 마음이 편해졌다.

가슴도 두근거리지 않고, 방광도 아프지 않고, 막연한 불안과 질투도 사라졌다.

미노루가 내일 오카야마에 간다는 말을 했을 때도, 그곳이 히로코의 친정이 있는 곳임을 알면서도, 응, 하고 태연하게 대답할 수 있었다.

"도시락 만들어줘."

"안 만들 거야."

"도중에 휴게소에서 먹으려고."

"식당에서 먹어."

"리에가 만든 도시락 먹고 싶어."

오카야마에서 돌아왔을 때는, 히로코를 아내로 삼아서 교토의 연립주택에 들어가리란 것을 리에는 알고 있다. 알고 있지만, 이게 마지막이라 생각하고 미노루에게 도시락을 만들어주기로 했다.

가재도구는 원칙적으로 두 사람이 반씩 나누기로 원칙을 정했지만,

"리에, 절대로 필요한 게 있으면, 먼저 말하는 사람에게 주기로 하자" 하고 미노루는 말했다.

"그런 게 어딨어."

리에는 언젠가 읽은 오래된 이야기를 떠올렸다. 이혼당한 아내가, 필요한 게 있으면 뭐든 가져가라는 남편의 말에, 소중한 당신을 두고 가는 몸인데 뭘 가지고 가겠느냐며 몸만 나가려고 했다. 남편은 그 말에 감동하여 마음을 고쳐먹고, 그 아내와 평생 사이좋게 살았다는 것이다.

그러나 미노루에게는 그런 말이 통할 리 없다. 리에는 지노리 커피잔을 반씩 나누고, 앨범의 사진도 자신 것만 빼내 들고 나가는 미노루의 철저함에 혀를 내둘렀다.

"자, 이제 나가야지. 어두운 고속도로는 위험해."

"응. 내가 나가면 뭘 할 건데?"

"응. 회사에 나가야지."

"그게 아니고, 오늘 일요일 반나절을 어떻게 보낼 거냐니까?"

"잡지라도 읽지 뭐."

패션 잡지나 업계 관련 잡지 등 볼 게 많았다. 부티크를 둘러보면서 수집한 정보도 정리해야 한다. 실제로 리에는 보통의 샐러리맨보다 훨씬 더 바쁜 몸이었다.

"그런데, 리에" 하고 미노루는 멍한 표정으로 말했다.

"가끔 방광염도 앓고 그래."

"왜?"

"또 올게. 금방 달려올 테니까, 연락해줘."

"후후후" 하고 리에는 웃었다.

"그렇게 친절하면 마음이 바뀔지 몰라. 그건 곤란해."

"내일 갈까?"

"말도 안 돼. 그냥 해본 말이야."

미노루가 나가는 건 보지도 않았다.

한 시간 후에 전화가 걸려왔다.

"아직 방광염 안 도졌어?"

"혼자 있으니까 더 건강한걸. 힘이 넘쳐."

"내가 나설 여지가 없단 말이지. 그럼, 건강하게 잘 지내. 여긴 야마사키야."

미노루의 목소리는 아까와는 달리 어딘지 모르게 맥이 빠져 있는 것 같았다.

늘어진 눈에 불안한 눈빛을 번득이며, 그는 영문 모를 우울한 기분에 사로잡혀서 핸들을 잡고 있을 것이다.

그 우울함의 예감은 아무런 근거도 없는 게 아니었다.

그는 생포되어 잡혀 가니까.

가정이란 올가미에.

가정에서 벗어나, 나사가 풀려버린 리에는 그런 생각을 떨칠 수 없었다.

얼마 동안은 방광염이 도져도 부를 사람이 없다는 게 서글플지 모르지만, 리에는 모든 것에서 자유로워졌음을 실감했다.

리에는 지노리 찻잔에 다시 커피를 따르려다가, 남은 두 세트도 미노루에게 주었더라면 좋았을걸 하고 생각했다. 자유로워진 몸에는 어떤 집착도 일어나지 않는 것이다.

남자들은 머핀을 싫어해

전화가 걸려온 것은 별장에 온 지 사흘째 되는 날이었다. 수화기 저편에서 빛의 알갱이처럼 경쾌하게 튀어 오르는 렌의 목소리가 들려왔다. 이 남자는 여자를 기다리게 해놓고 일하는 게 너무 즐거운 모양이다. 손쓸 도리가 없을 정도로 일에 빠져 있는 남자. 독신, 마흔두 살, 패션 회사의 사장이다.

"뭘 하고 있어? 미미."

"뭘 하고 있으면 좋은데?"

그냥 분통을 터뜨릴 것 같았는데, 렌의 목소리를 듣고 오히려 기뻐하는 듯한 자신에게 화가 치밀었다.

"겨우겨우 휴가 얻어서 온 거야. 그런데 자기는 오지도 않잖아. 이런 데서 청소나 하는 관리인이라도 되라는 거야?"

"화내지 마. 나도 충분히 시간을 만들어놨는데 갑자기……."

"좋아. 어쨌든 언제 올 수 있는지 확실히 말해. 일주일 휴가에서 벌써 사흘이나 까먹었으니까. 못 온다고 하면 당장 짐 싸서 갈 거야. 지난번 하와이 때보다 더 심하잖아."

"잠깐, 잠깐만, 미미. 미안해, 기다려줘. 금방 갈 테니까, 근데 오늘은 만날 사람이 있어. 저녁 약속이라서 늦을 거야. 내일은……."

"내일은 올 수 있다는 거야?"

"잘 모르겠지만, 어쨌든 거기 있어줘, 부탁이야."

"싫어……."

도리이 렌이란 사내는 어린애 같다. 지금 먹고 싶지는 않지만 맛있는 과자를 다른 사람에게 빼앗길까 봐,

'찜! 이건 내가 먹을 거니까, 손대면 안 돼!' 하고 발을 동동 구르면서 먹지도 않고 그냥 바라보는 것만으로 만족하는…….

"갈게, 간다니까."

렌은 열심히 나를 달래면서,

"그 별장, 혼자 있으면 심심할 거야. 일식집에 연락해서

뭐든 시켜 먹어."

"휴가는 고사하고, 밤만 되면 폭주족들이 마구 내달려. 작년만 해도 이러진 않았는데."

"그래?"

"기분 나빠. 빨리 와."

"아, 가고 싶은 맘은 굴뚝같지. 미미 목소리 들으니 정말 참기 힘들어. 미미."

"왜?"

"좋아해. 사랑하고 있어."

"그런 말 하지 말고 그냥 오는 게 어때? 나 같은 여자, 가만 내버려두면 무슨 짓 할지 몰라."

"폭주족이라도 끌어들이겠다는 거야?"

"글쎄, 그건 나도 모르지. 난 일에 미친 아저씨보다는 성난 젊은애가 좋아."

"제길."

렌은 행복을 느낄 때 그런 말을 잘 하는 것 같다.

"몸이 둘이면 좋겠어. 일하는 나, 미미랑 노는 나."

만족에 겨운 목소리다.

"흥. 그랬다가는 맛이 엷어질걸. 난, 원래 맛이 짙은 사람이니까."

"아아, 오늘밤 가고 싶어. 그런데 저녁 약속이 있고, 내일은 접대 골프……."

"그까짓 거 모두 제껴버리면 되잖아. 한 번쯤은 그렇게 해보라구. 난 여기서 사흘이나 빈둥거리고 있잖아."

렌은 점심도 저녁도 늘 비즈니스 관계자와 함께한다. 난 그것을 잘 알고 있다.

"그렇게 할 수 있으면 얼마나 좋겠어. 조금만 기다려. 가능한 한 빨리 갈게."

렌은 간절한 목소리로 말했다.

"일식집에서 뭘 먹었어?"

"어제 보니 정어리가 있더라."

"먹었어?"

"혼자서 무슨 청승으로 회를 시켜!"

"알았어, 알았어, 그렇다면 즐거움이 하나 더 늘었네. 한눈팔지 말고 얌전히 기다리고 있어."

"피울 거야, 바람피울 거야!"

렌은 참을 수 없다는 듯 웃음을 터뜨렸다.

"거기 욕실, 괜찮아?"

"응. 그건 왜?"

"잘 씻고 기다리라고."

"멍청이! 식당 앞에서 콱 넘어져라."

"심심하면 시몬, 보내줄까?"

"시몬이 차라리 나아. 무슨 일이 벌어져도 난 몰라."

"분별없이 그런 일을 해서는 안 되지. 놈은 자기에게 홀딱 반했어."

"어린애잖아."

"요즘 어린애가 얼마나 무서운데."

"그렇게 된다 해도 자기 책임이야."

"아냐. 미미가 슬쩍 건드렸으니 그랬지. 내가 똑똑히 봤어."

이번에는 내가 즐겁게 웃을 차례다. 렌의 조카인 시몬은 삼촌 회사에서 아르바이트를 하는 대학생인데, 서너 차례 렌과 함께 식사를 했다.

사람을 잘 따르고, 내게 친근함을 느끼는 것 같아서, 렌과 나는 은밀히 시몬을 농을 주고받는 재료로 삼고 있었다. 그런 애송이에게는 아무 관심도 없지만, 말장난하는 데는 더없이 좋은 상대였다. 렌은 즐거운 목소리로 전화를 끊었다.

살이 통통하고 애교가 있고 표정이 풍성한 렌의 얼굴을

떠올려본다. 남성미도 별로 없는 통통한 몸매지만, 내게는 너무 매력적이고 귀여운 남자다. 그보다 열한 살이나 어린 서른한 살인 내가, 마흔두 살의 남자를 귀엽다고 하는 건 좀 이상하지만.

뜨거운 피와 살이 무럭무럭 김을 피워내는 듯한 그의 몸이 매력적이었다. 그에게 안기면, 마치 바다에서 조난당했다가 구조되어, 흠뻑 젖은 몸에 따스한 담요를 덮는 듯한 기분이 된다. 추위와 공포로 이를 달달 떨다가, 숟가락에 떠서 입으로 넣어주는 따뜻한 스프를 먹고 온몸의 온기를 되찾는 듯한 느낌이다.

렌은 조난 긴급구조자처럼 섹스를 한다.

그게 마음에 든다.

다시 말해, 섹스가 참으로 섬세하다는 것이다.

섹스 경험은 많지 않지만, '멋진 섹스'는 나이와는 별 관계가 없다는 결론을 내리게 되었다. 나이가 들었는데도 형편없는 섹스를 하는 사람이 있고, 젊어도 재능이 있는 사람이 있다. 아무래도 상상력의 문제인지도 모른다. 머리 나쁜 남자와 남을 배려할 줄 모르는 남자가 멋진 섹스를 할 리 없다.

다만 렌은, 섹스를 좋아하면서도 일을 더 좋아한다. 그것이 문제다.

나는 디자이너 학교를 졸업하고 기업에서 일을 하다 우연한 기회에 패션에 관련된 기사를 쓰게 되었는데, 그 참에 회사를 그만두고 도쿄로 생활의 근거를 옮겼다. 그 후 일러스트를 하고 글도 쓰는 바쁜 나날을 보내게 되었다. 드디어 혼자의 힘으로 독립하여 밥벌이를 할 수 있게 된 것이다.

도리이 렌과는 도쿄에서 만났다. 잡지 인터뷰 때문에 만나러 갔는데 서로 마음이 맞아 일을 끝낸 후 함께 술을 마시러 갔다.

다음 날, 아직 자고 있는데 전화가 걸려왔다.

"지금 오사카로 돌아가는 중이에요. 작별 인사나 드리려고 전화했어요. 어젯밤에는 정말 즐거웠습니다. 다음에 오사카에서 만나 천천히 한잔하고 싶네요. 오시면 전화주세요."

렌은 일찍 결혼해서 딸 하나를 두었고, 이혼했다. 지금은 혼자 산다. 가정을 돌보지 못할 만큼 바빴고, 그러는 와중에 아내가 떠나버렸다고 하는데, 자세한 내막은 알 수 없다. 다만, 렌은 애교도 있고 말도 잘해서 여자들에게 인기가 좋다. 매끄러운 그의 말은 말솜씨 없는 일본 남자들 가운데서 유독 그의 존재를 부각시켜주는 무기가 되었다.

"나, 당신처럼 기골차고 산뜻한 여자가 좋아요. 교태 부리는 여자는 정말 싫습니다. 우리 회사는 여성스럽고 우아한 옷을 만들지만, 나 개인적으로는 남성적인 걸 좋아해요. 특히 이런 가죽 점퍼가 어울리는 여자를 보면, 참기 힘들죠."

오사카에서 처음 만났을 때는 겨울이라, 나는 검은 가죽 점퍼에 짙은 갈색 코르덴 바지를 입고 있었다. 딱히 섹스어필할 것도 없었을 텐데 그는 그렇게 말했다. 점액질의 열기로 가득한 눈동자에, 늘어진 두툼한 입술이 호색한처럼 보이기도 했다. 내게 홀딱 빠진 표정으로, 모든 방어막을 거두고 자신을 활짝 연 것이다.

그런 멍한 태도가 마음에 들었다.

내가 바보 취급을 해도 그는 아무런 방어 태세도 취하지 않았다. 절대로 남에게 바보 취급 당해서는 안 된다는 의식이 이 사회라는 배의 용골처럼 우뚝 서서 사람들의 마음을 딱딱하게 긴장시키고 있는데, 그는 찾아보기 힘들 만큼 멍청한 표정이었다.

그런 세상에서 아무렇지도 않게 빈틈을 내보이는 바보스러움을 지닌 도리이 렌이 너무 좋았다.

또, 긴급구조대원 타입의 섹스어필에 감동하여, 언제든

같이 자도 좋다는 생각을 하고 말았다.

실제로는 그런 관계가 되기까지 반년이란 세월이 필요했다. 렌은 결혼도 할 수 있다는 태도를 보였고, 도쿄와 오사카에서 만나는 관계가 삼 년이나 계속되고 있다.

렌은,

"그 별장에서 혼자 지내는 것도 좋은 휴가가 될 거야"라고 말하는데, 아마도 진심인 것 같다. 바다를 좋아하는 렌은 오카야마 바닷가 근처의 시골 언덕에 분위기 있는 별장을 지었다. 지중해 연안에 가본 적은 없지만, 나는 이 별장을 바다가 내려다보이는 유럽의 농가 같은 별장이라고 생각했다. 오사카의 건축가에게 부탁하여 정원에는 타일을 깔았는데, 타일은 그 지역의 업자에게 주문했다.

돌이 깔린 넓은 현관으로 들어서면 서늘한 느낌마저 든다.

뒷마당은 나무를 심고 잔디를 깔았는데, 거기서도 바다가 보인다. 세토우치瀨戶內의 다도해를 가르며 지나가는 수많은 배들을 보고 있노라면 교통사고가 나지 않을까 조바심이 날 정도다.

돌담과 나무로 집을 둘러쳤는데, 몇 년 만에 나뭇가지가 집을 덮을 정도로 자랐다. 렌은 백설공주가 사는 집 같은 느낌이 든다며 일 년에 몇 번씩이나 정원사를 불러 가지치기를 하게 했다.

마을에 있는 '어정'이라는 일식집은 전화만 걸면 생선이나 생선 요리를 배달해준다. 어촌이지만 엄격한 어업 규제가 있어서 어부라도 전문 분야가 아닌 생선은 생선 가게에 가서 사야 한다.

정원의 하얀 타일 바닥에는 불그스레한 대리석으로 만든 님프 조각상이 있고, 분수가 있다. 모든 창에는 적갈색 덧문이 달려 있다. 잔디밭에는 보폭에 맞게 징검다리처럼 돌이 깔려 있다. 현관의 하얀 문손잡이까지 디자인에 신경을 썼다. 침실 둘, 욕실 둘, 식당과 주방, 들어서면 거실이다. 침실은 두 곳 다 이 층에 있어서 바다가 훤히 내려다보인다.

여름에는 덥긴 하지만 바다 냄새가 가득해 기분이 좋다. 사오백 미터만 걸어가면, 리조트호텔과 펜션도 있다. 이 부근에서 내려다보는 세토우치가 얼마나 아름다운가는 아는 사람은 다 안다.

렌은, 바다가 보이는 별장이 꿈이었다고 한다. 또, 거기에 여자가 있다는 생각을 하면 가지 않아도 만족할 수 있는 성격이었다.

"물론, 가지 않으면 재미없지. 그렇지만 너무 바쁜걸 어떡해"라는 것이 본인의 변명이다.

그래도 작년에는 둘이서 사흘이나 머물렀다.

아침에 일어나 샤워를 하고 안개가 깔린 잔디밭에 맨발로 내려서서는 뜨거운 커피와 버터 바른 토스트를 먹는다. 나도 이 별장이 좋다.

뒷마당 돌계단을 내려가, 풀숲으로 이어지는 길을 걸어가면 바닷가가 나온다. 어선이 있는 바닷가와는 멀리 떨어져 있어서 이 부근에는 배의 기관에서 새어나온 기름이 보이지 않는다. 물론 남태평양처럼 푸른 바다는 아니다. 갈색 파도가 밀려온다. 그래도 해수욕장에는 사람들이 있다. 우리도 가끔 그곳에서 수영을 한다.

점심으로는 '어정'의 생선회를 즐겨 먹는다. 나는 된장으로 끓인 서더리 탕을 먹곤 한다.

점심을 먹은 뒤에는 저녁까지 둘이서 잔디에 물을 뿌리기도 하고, 목욕을 하기도 한다.

그러는 동안에도 렌은 끊임없이 회사에 전화를 건다. 밤에는 호텔로 식사를 하러 가는데, 컴프리 소다수를 마시면서,

"왜 부인이랑 헤어졌어?" 하고 놀리는 게 나의 취미다.

"원한이 있었으니까."

렌은 느글느글하게 웃으면서 대답한다.

"원한?"

"아내는 말이야, 미미처럼 자기 일도 없고, ……아니, 없어도 관계없는 일이야. 집에서 편안히 놀면서 즐기면 그만일 텐데, 뭐가 마음에 안 드는지 허구헌날 불평만 늘어놓았는데, 그게 원한으로 변했어. 원한이 있는 사람은 다루기 힘들어. 점점 상대하기가 어려워져."

나는 원한이란 말에 감탄했다. 렌이 더욱 좋아졌다. 결혼하지 않고 이렇게 평생 사귀어도 좋을 것 같다는 생각이 들었다.

"그렇고 말고. 결혼이란 가정을 갖는다는 거지. 가정은 에로틱하진 않아. 외설적이지."

"에로틱하면 좋을 텐데."

"응, 에로틱하면 최고지. 대화가 잘될 테니까."

그렇지만, 우리는 그보다 호색好色을 더 좋아했다. 그는 호색한 긴급구조자였다. 나는 렌의 무거운 몸, 그것도 끈적한 무게, 구석구석까지 가득 채워주는 꿀처럼 끈적끈적한 그 무게가 좋았다. 침실 창을 열어젖히고, 밤바람에 덧문이 덜

컹거리는 소리를 들으면서, 나라는 조난자는 렌이라는 긴급 구조대원의 담요에 감싸여 행복에 젖었다.

저녁바람이 불어온다. 나는 샤워를 하고 냉장고에 든 고기로 스테이크를 만들어 먹기로 했다. 이곳에도 텔레비전은 있지만, (렌은 별장에 와도 세속의 일이 걱정스러워 텔레비전을 보기도 하고 전화를 걸기도 한다) 나 혼자일 때는 켜지 않는다.

식사를 한 다음 나는 문을 닫고, 도쿄에서 가지고 온 시부사와 다츠히코의 『흑마술 수첩』을 읽기 시작했다. 바람 한 점 없는 무더운 날씨에다가, 오늘밤에도 렌이 못 온다는 연락을 해와서 기분이 더욱 가라앉아 있었다.

여덟 시쯤, 갑자기 오토바이 소리가 나더니 남자 목소리가 들렸다. 이어서 오토바이 몇 대가 폭음을 울리며 왔다가 멀어졌다. 나는 가슴이 덜컹 내려앉을 정도로 놀랐다.

오토바이들은 다시 별장의 반대 방향으로 왔다가 멀어져 갔다. 집 뒤편 언덕길을 올라 한 바퀴 돈 다음 내려가는 것 같았다.

나는 포위당한 사람처럼 겁에 질렸다. 집에 여자 혼자 있다는 사실을 알면 무슨 짓을 할지도 모른다는 생각에, 나는 맨발로 뛰어다니며 창이란 창을 모조리 닫았다.

혼자서 이런 불안을 느끼고 있다는 사실이 너무 바보스러워서, 갑자기 렌이 미워졌다. 지난번에는 하와이에 가자고 해놓고서, 비행기 출발 시간 직전까지 나타나지 않았다. 나는 울상을 지으며 잠시만 기다려달라고 애원했다. 거의 포기하려는 순간 렌이 땀을 뻘뻘 흘리며 평상복 차림으로 달려왔다. 우리가 들어서자마자 비행기 문이 닫히고 활주하기 시작했다.

그는 피로에 절어 비행기 안에서도 잠만 잤고, 하와이에 도착해서도 마찬가지였다. 서로 불만이 쌓였다.

"이제 싫어! 바쁘다 바쁘다 바쁘다 바쁘다, 그런 말만 하잖아. 그런 말도 이젠 지겨워."

그렇게 싸우다가 결국 나는 울음을 터뜨리고 말았다.

"제발, 그런 말 좀 하지 마. 나, 미미가 곁에 없으면 배를 위로 하고 반듯하게 자지도 못해……."

렌은 나를 달래다가 말끝을 맺지도 않고 스르르 잠들어버렸다.

결국, 하와이 여행은 그냥 잠만 자며 보낸 거나 다름없었다.

그 생각만 하면 렌이 미워서 견딜 수 없었다. 나를 무작정

기다려주는 여자로 생각하는 걸까, 나를 깔보는 걸까. 그가 전화를 거는 것도 나를 화나게 만들었다. 못 올 형편이라면 전화를 하지 않으면 된다. 올 거라면 전화하고.

전화해서 사과할 거라면, 애당초 약속을 잡거나 날짜도 정하지 말았어야 한다.

일단 멀어졌던 오토바이 소리가 다시 다가오는가 싶더니, 누군가가 정원의 문을 여는 것 같았다. 바깥에서도 열 수 있는 고리가 달린 문이다. 불안해진 나는 거실의 불을 껐다. 누가 있다는 사실을 알리고 싶지 않았다. 덧문의 틈새로 날카로운 빛줄기가 흩어지고, 고함소리가 들려왔다. 겁이 났다. 현관 유리문으로 엿보았더니, 맨 앞에 있는 남자의 헬멧에 '납귀연합拉鬼連合'이란 한자가 적혀 있었다. 일고여덟 대의 오토바이는 정원에 잠시 머물다가 환성을 지르고는 굉음과 함께 사라졌다.

나는 키 박스를 더듬어 정원을 자물쇠로 잠그고 침실로 올라와 누웠지만, 평소에 무서운 체험을 해보지 못한 터라 충격에 휩싸였다. 이 지방의 사투리에 호감을 가지고 있었는데, 그들의 거친 사투리를 들으니 소름이 돋을 정도로 징그러웠다.

아침이 되어 생각하니, 그들은 그저 바람처럼 거리를 질주하는 오토바이 폭주족일 뿐이었다.

『흑마술 수첩』 같은 책을 읽다 보니 괜히 그들에게 쓸데없는 망상을 덧씌우게 된 건지도 모른다.

그러나 정원의 풀은 마구 짓이겨지고, 타일 바닥 한 부분은 갈라지고, 잔디밭에는 바큇자국이 나고, 의자는 부서져 있었다.

나는 렌의 아파트로 전화를 걸었다. 그는 회사 가까운 도심의 아파트에서 혼자 살고 있다. 렌은 마침 출근 전이었다.

"그렇게 무서웠어? 가여워라."

그러면서도 오늘 밤이라도 당장 오겠다는 말은 하지 않았다.

"나, 오늘 도쿄로 돌아갈래."

그 말에는 헛기침을 하더니,

"잠깐만. 왜 자꾸 도쿄로 간다고 그래. 내가 갈 테니까 조금만 기다려."

"무서우니까 그렇지."

"그럼 좋아. 시몬을 보디가드로 보낼 테니까, 내가 갈 때까지 기다려."

나를 바보 취급하고 있다는 느낌이 들었다.

그날도 날씨가 좋아서 나는 정원을 손질하고, 방 청소를 하고, 낮잠을 자고, '어정'까지 가서 수족관을 둘러보기도 했다. 도미가 있었지만, 언제 올지 모르는 렌을 기다릴 수 없어서 정어리를 먹기로 했다. 은색으로 빛나는 단단한 살이 맛있어 보여 한 바가지나 샀다. 내일 정말 시몬이 오면 같이 먹을 수 있게 간단히 구울 수 있는 머핀도 만들어두었다. 식욕이 왕성한 젊은이에게 안성맞춤일 것 같다. 해가 서쪽으로 많이 기울어진 후에, 나는 호텔 풀장으로 갔다.

이런 사치스런 별장에 혼자 있다가는 몸이 어딘지 모를 곳으로 그냥 흘러가버릴지도 모른다. 내 것도 아니고, 그렇다고 결혼 파트너 것도 아닌……. 그러고 보니 렌과는 앞으로 결혼할 것도 아니고, 애인이라고 하기엔 관계가 너무 담백하다……. 이렇게 만날 기회가 와도, 렌은 내가 여기에 있다는 것만으로 안심하고 오지도 않는다.

렌은 이혼한 아내에 대해 욕을 했지만, 그런 남자랑 사는 여자는 모두 원한을 품게 될 수밖에 없을 것이다.

호텔은 만원인 듯했다. 아는 사람이라고는 한 명도 없었기에 나는 마음놓고 헤엄을 쳤다. 펜션에서 온 여자들이 많아서 풀장이 붐볐다.

나는 수영복 위에 파란색 배스가운을 걸치고, 머리카락에서 물방울을 떨어뜨리며 별장까지 걸었다. 호텔 샤워실은 사람들로 붐볐기 때문이다.

밀짚모자를 젖혀 쓰고 짙은 선글라스를 낀 채 별장으로 돌아와보니, 정원에 있는 핑크빛 대리석 님프상 앞에 한 청년이 서 있었다. 시몬이다.

정원을 한 바퀴 둘러보고 그 자리에 선 듯, 나를 보더니,

"어이!" 하고 손을 들었다.

사람이 달라 보일 정도로 햇빛에 그을고 키가 훤칠해져서 남자 냄새가 물씬 풍겼다. 신간선과 버스를 번갈아 타서 조금 전에 도착했다고 한다. 낯을 안 가리고 말을 잘 건다든지, 직설적으로 본심을 털어놓는 성격이 렌과 닮았다.

"정말 기분 좋아. 이런 데 오게 돼서. 또 미미 씨도 만나고. 물론 삼촌이 오면 떠나야 하겠지만. 삼촌은 내일 온다고 했어."

시몬은 활짝 웃으면서 그렇게 말했다.

"그건 모를 일이지. 또 급한 일이 생겼다고 핑계를 댈지도 몰라."

나는 시몬을 뒤뜰로 데리고 가서, 마치 내 별장이라도 되는 듯이 말했다.

"이쪽이 바람이 잘 통해서 시원해."

그리고 샤워를 했다. 나는 시몬만큼 솔직한 성격이 아니라 기쁜 표정을 짓진 못했지만, 내심 얼마나 기뻤는지 모른다. 언제 올지 모르는 애인을 기다리는 것보다, 나를 만나서 즐겁다는 사람을 상대로 이야기를 나누는 편이 훨씬 좋기 때문이다.

새하얀 드레스를 바람에 흩날리며 하얀 샌들을 신고 나섰다. 차가운 컴프리 소다수 두 잔을 들고.

마침 저녁노을이 지기 시작했다. 아름답기보다는 음침하게 하늘을 물들이는 노을이었다. 정원 의자에 앉아 바다를 보고 있자니, 바다 위에 점점이 떠 있는 섬들의 그림자가 점점 짙어져갔다. 그에 비해 중천은 오히려 뿌옇게 밝아왔다. 눈앞의 풍경도 밝았다.

까마귀들이 오른쪽 숲에 모여 있었다. 곶의 끝, 신사가 있는 자리다. 신사의 입구에서 바라보는 바다는 마치 그리스 유적지에서 바라보는 다도해 같다. 렌과 나는 그 경치가 좋아서 자주 산책을 나서곤 했다.

"언제 왔어?"

시몬은 컴프리 소다수를 마시면서 물었다.

"벌써 사흘째야."

"사흘이나 기다렸구나."

시몬은 아무렇지도 않게 말하지만, 내가 렌의 사랑에 목말라 안달하고 있는 것처럼 보이지는 않을까, 잠깐 긴장했다. 마치 나를 바보로 취급하는 것처럼 들렸기 때문이다.

"딱히 그 사람 기다리는 건 아냐. 내가 누굴 기다리는 여자로 보여? 내가 기다릴 것 같아?"

"아니, 그렇게 일찍 와 있었다면, 나도 빨리 올걸 그랬다 싶어서."

시몬은 주위를 둘러보았다.

"폭주족이 왔었다면서."

"납귀연합이란 멍청이들이야. 근데 정말 무서웠어. 혼자서 얼마나 떨었는지 몰라. 마침 이런 책을 읽다 보니, 흑미사가 떠올라서."

나는 시부사와 다츠히코의 책을 보여주고, 씁쓸한 컴프리 소다수를 마시고는, 시를 한 편 읽어주었다.

나의 회색 장갑은

늘 생명의 감로수에 젖은 채

헤르메스처럼 용광로를 끌어안고

추운 날 아침에 눈을 뜨면 연금술의 환몽에 몸부림치네

여름날 저녁은 마법사 파라켈수스처럼

단검에 요괴를 감추고, 분노에 사로잡혀 거리를 달렸네

"이 파라켈수스라는 마법사는 실제 인물이었대."

책을 읽는 동안 시몬은 나를 뚫어져라 바라보고 있었다. 나는 늘 파라켈수스 부분을 읽기 때문에, 반쯤은 책이 펼쳐져 있는 거나 다름없었다. 왜 그렇게 바라보는가 싶었는데,

"새치가 났어" 하며 나의 앞머리를 손으로 쓰다듬었다. 머리칼이 짧은 나는 때로 새치를 내 눈으로 찾아내기도 한다. 나는 그 손을 뿌리쳤다.

"나, 새치는 내 눈으로 찾아내는 게 좋아. 다른 사람이 보는 건 싫어."

"뽑아주려고 그랬지."

"싫어."

"머리카락 만져봐도 돼?"

"젖었어."

"반쯤 말랐는걸."

이 젊은애가 나를 놀리나 하는 생각이 들었지만, 시몬의 의도는 그런 게 아닌 것 같았다. 내 머리칼에 손가락을 집어넣더니 빗질을 한다.

"어서 샤워나 하고 와. 내가 저녁 만들어줄게."

렌이 먹고 싶어하던 정어리 회를 시몬에게 줄 생각이다. 시몬은 보통의 젊은 사람이 그렇듯 처음에는 생선이 싫다, 정어리 회는 먹어본 적이 없다고 불평했지만, 한 접시나 되는 회를 날름 해치워버렸다.

마늘과 생강, 대파와 무를 갈아서 듬뿍 올려놓으면, 담백한 정어리 회는 얼마든지 먹을 수 있다. 여기에 정어리 튀김과 소금구이까지.

어제 정원에서 따 물에 띄워둔 황매화를 넣고 밥을 지었다. 맥주 한 잔을 곁들여 우리는 밥과 반찬을 배부르게 먹었다.

"폭주족이 또 오지 않을까?"

"오면 위험해."

"폭주족이 오면 미미를 꼭 끌어안을 수 있을 텐데."

어느새 미미 씨가 미미로 변했다.

정말 렌의 일족에게는 당할 수 없다.

먹고 싶은 걸 먹고, 하고 싶은 걸 하고, 말하고 싶은 건 해버린다.

"나, 좋아해?"

"응. 그렇지만 미미는 우리 삼촌을 좋아하니까."

"그건 그래. 적어도 지겹진 않아. 그 사람, 싫어해?"

"아니, 싫지 않아. 우리 엄마와 아버지보다는 훨씬 낫지. 가족 이야기는 이제 그만해. 그런데 삼촌은 미미가 이렇게 기다리는데 왜 안 와?"

"그 사람은 기다리게 하는 걸 좋아하니까. 언제든 가야지 생각하면서 초조하게 일을 하는 상태가 짜릿하고 즐거운 거야."

"정말 모르겠어. 중년 남자의 취향은."

둘이서 설거지를 했다. 그러면서 서로 좋아하는 것, 싫어하는 것을 털어놓았다. 내가 좋아하는 것은 무화과, 밀크딸기, 개, 불꽃놀이, 소문. 〈위험한 관계〉의 후작부인. 시몬이 싫어하는 것은 좁은 곳, 아사히신문, 젠체하는 여자, 술에 취한 젊은 여자, 전복 내장.

나는 문득 생각이 나서 물었다.

"취직은?"

"그만, 그만. 그런 아줌마 같은 표정으로 묻지 마. 사실은 관심도 없으면서."

"그건 그래. 그보다 시몬은 여자, 알지? 그런 걸 알고 싶어."

시몬은 웃었다. 하룻밤 여자와 잠을 잤는데, 우연히 친구의 입을 통해 그게 어머니에게 알려졌고, 충격을 받은 어머니는 울면서 하루 종일 몸져누웠다고 한다.

"왜 그랬을까? 자식이 그런 체험을 하는 것쯤 그냥 모른 척하고 지나치면 될 것을."

나는 렌과 가정이란 외설 그 자체라는 말을 주고받은 적이 있었는데, 시몬에게는 그냥 입을 다물어버렸다. 시몬과 어떤 대화를 주고받든, 나는 그의 어머니가 아니므로, 충격도 받지 않고, 설익은 풋내도 느끼지 않는다. 오히려 그런 일로 울며 몸져눕는 그 어머니에게 설익은 풋내를 느낀다.

시원한 위스키소다를 마시면서 나와 시몬은 테이블에 카드를 펼쳐 놓고 게임을 하기 시작한다.

나는 나름대로 카드 기억법을 가지고 있어서, 점수를 많이 올렸다. 카드가 바람에 날리지 않도록 창문을 닫았는데도 하나도 덥지 않았다.

창을 닫아 바깥 소리는 들리지 않았지만, 나는 카드에 열중하여 설령 소리가 났어도 못 들었을 것이다.

"아무 소리도 안 들려?"

시몬이 내 손을 살짝 치면서 말했다.

그러고 보니 폭음이 가까워지는 것 같았다.

"왔어."

시몬은 창문을 열었다. 정원 문 앞에 헤드라이트가 늘어섰다. 시몬은 문을 열고 바깥으로 나갔다. 괜찮겠느냐는 내 말도 무시하고 철문에 기대어 큰 소리로,

"안녕하세요."

오토바이 남자들도 뭐라고 대답하는 것 같았다.

나는 텔레비전을 켰다. 실내에 여러 사람이 있는 것처럼 위장하는 게 좋을 것 같아서였다.

"여길 지나면 곤란해. 잔디밭이거든. 미안하지만 다른 쪽으로 돌아가줬으면 좋겠어."

시몬이 말했다. 잠시 후, 남자들의 오토바이는 철문에서 벗어나 언덕을 내려가기 시작했다. 어젯밤처럼 별장 주위를 빙글빙글 돌지 않을까 했더니, 그냥 언덕 아래로 멀어져 갔

다. 시몬의 말로는 열일고여덟 살쯤 되는 소년들이었다고 한다.

시몬은 태연한 표정이었지만, 나는 시몬이 당하는 건 아닌지 손에 땀을 쥐고 긴장했다. 렌이라면 그리 걱정하지 않겠지만, 시몬의 젊음이 비슷한 또래의 감정을 건드리지 않을지 노심초사했던 것이다.

현관 불을 끄고 안으로 들어서는 시몬에게 나는,

"잘했어!" 하고 외치며, 어깨를 꼭 끌어안아주었다.

"나, 정말 무서웠어."

"술을 마셨으니까 세게 나갔지. 맨 정신이었다면 아무 말도 못 했을 거야."

시문은 그렇게 말하면서 내 어깨를 감싸며 키스하려고 했다. 나는 슬쩍 빠져나가며,

"아, 시몬. 머핀 안 먹을래?"

나는 건포도 머핀을 바구니에 가득 담아가지고 왔다. 밀가루와 베이킹파우더, 달걀과 우유, 샐러드유를 섞어서 오븐에 구운 이 과자는, 간단히 만들 수 있으면서 보기도 좋고 맛도 있다.

"아니, 나 그런 거 싫어."

그러고 보니 렌도 내가 만든 음식은 맛있게 먹지만, 과자는 싫어하는 것 같았다.

시몬은 피곤한지 방으로 들어가 소리도 없이 잠들었다.

다음 날은 비가 내렸다.

시몬과 호텔 풀장에 가려고 했는데 다 망치고 말았다.

"비가 오는데도 골프를 칠까? 삼촌은 올까?"

시몬은 렌이 올지 안 올지 신경이 쓰이는 것 같았다. 멍하니 창을 바라보고,

"어제는 너무 마신 것 같아."

"언제 그렇게 마셨어?"

"한밤중에 혼자 나와서."

"그랬어?"

"밤에 비가 내리기에, 비를 바라보며 마셨지. 이런저런 생각을 하면서. 미미를 깨워서 이야기라도 나눌까 했지만……."

나는 아침 식사로 오믈렛을 만들고 있다.

"이야기보다는 같이 자고 싶었어. 그렇지만 안 돼. 삼촌은 금방 알아차릴걸. 나, 삼촌이 바라는 대로 해주기는 싫어."

나도 시몬의 말이 틀리지 않다고 생각했다. 렌은 시몬과

내가 붙지는 않을까 가슴을 졸이고 그것을 즐기면서 한층 더 일에 열중하고 있을지도 모른다. 마음을 이쪽으로 옮겨 놓고, 그런 심리 상태를 에너지로 삼아 일을 하다 보니, 더욱 오기 힘든지도 모른다. 렌은 일에 대한 열정을 일으키는 도구로 나를 이용하고 있는 건지도 모른다.

시몬은 음침한 날씨와 어젯밤의 과음 탓인지 얼굴이 푸석하게 부어 있었다.

정원에 있는 핑크빛 대리석 님프상은 비를 맞아 반들거리고, 타일 바닥에는 파란 나뭇잎이 비친다. 빗소리가 들려온다.

"시몬, 오늘 둘이서 여길 떠나지 않을래? 나, 더이상 못 기다려."

"응."

"어디로든 가, 우리 둘이서."

"응."

비 내리는 창가에서 나는 시몬의 허리를 꼭 끌어안았다. 시몬은 머리칼도 입술도 부드럽다.

오믈렛에 곁들일 빵이 없었다. 나는 문득 빵 대신 머핀이라도 먹을까 하다가, 나도 머핀을 그리 좋아하지 않는다는 사실을 깨달았다. 보기에 그럴듯해서, 그냥 자기만족을 위해 만들었을 뿐이다.

짐은 아무것도 없었다. 화장품과 옷 몇 벌, 시부사와 다츠히코의 책만 들고, 아, 그리고 아주 큼지막한 물건, 시몬을 옆에 끼고 나는 멋진 바다가 내려다보이는 별장을 나섰다. 비 내리는 뿌연 바다에 배들이 오가고 있었다.

작품 해설

옛날 남자에게서 전화가 걸려온다. 원수처럼 헤어진 남자가 없어서 그런지 그런 전화가 걸려오면 대체로 편안한 기분으로 즐겁게 이야기를 주고받을 수 있다.

"지금 이야기 좀 할 수 있어?"

나는 예의 바른 남자가 좋다. 예의 바르게 이야기를 시작해서 점점 수화기 저편에서 엉큼한 냄새를 풍기며 나를 즐겁게 해주고, 이렇게 즐거운데 괜히 헤어졌다고 조금은 후회하게 만드는 옛날 남자의 전화가 정말 좋다. 아마, 그에게는 사랑하는 아내 아니면 귀여운 연인이 있을 것이다. 그럼에도 불구하고 옛날 여자를 잊지 못해 전화를 걸어서, 서로가 서로를 성공적으로 선택했었다는 사실을 확인하는 일은 아슬아슬하면서도 참으로 즐겁다. 그런 남자에게서 전화가 오면 나는 행복에 겨워, 졸고 있는 지금 남자의 다리를 베고 그렇고 그런 천박한 이야기를 나눈다. 축 늘어진 그 베개가 당분간은 내게서 떠나지 않을 것이라는 안도감에 사로잡혀, 나와 수화기 저편의 옛날 남자의 길고 긴 이야기가 시작된다. 혹시, 그도 귀여운 여인의 다리에 머리를 얹은 채 전화를 걸고 있는지도 모를 일이다.

그때, 나의 지금 남자는 내 머리 무게를 이기지 못해 몸을 뒤척인다. 나는 머리를 위로 들어올리며, 그를 흘끗 바라보면서 조금은 미안한 기분을 느낀다. 미안해요. 나는 마음속으로 혀를 살짝 내밀면서 중얼거린다. 쪼금, 정말 쪼금만. 그리고 나는 수화기를 놓지 못해 언제까지고 떠들어댄다.

내가 다나베 씨의 소설을 읽는 것은 이와 비슷하다. 이래서는 안 되는데, 그렇지만 너무 멋져. 그런 생각은 결코 나에게 후회를 남기지 않는다. 따스하면서도 애절하다. 그리고 그런 느낌이 있기에 나 자신에게 안도할 수 있다.

다나베 씨의 소설은 옛날 남자의 전화처럼, 잊어버린 뭔가를 자극한다. 그리고 때로 자신이 의식하지 못했던 진실을 지적받고 움찔한다. 생각지도 않은 곳에서 드러나는 자신의 진정한 모습에 당황하기도 한다. 그러나 그런 느낌은 결코 불쾌하지 않다. 『조제와 호랑이와 물고기들』에는 그런 단편들이 가득 들어 있다. 「어렴풋이 알고 있었어」에서 동생의 약혼자를 너무 의식하여 부끄럼을 타기도 하고, 즐겁게 재잘대기도 하는 꿈꾸는 고즈에. 모르는 척하면서도 그녀는 자신의 감정을 잘 알고 있다. 그녀는 그래서는 안 된다고 생각하면서 자의식 과잉에 빠져 그걸 숨기려 한다. 그런 고즈에를 보고, 아, 나랑 똑같잖아, 들키고 말았어, 하고 놀라게 되는 것이다.

「남자들은 머핀을 싫어해」의 미미가 자기만족을 버리는 것을 보면서는, 자신의 내면에도 그와 똑같은 욕망이 존재한다는 사실을 들킨 것 같아 당혹스러워진다.

「눈이 내리기까지」에 나오는, 언뜻 보기에 소박한 한 아줌마가 은밀히 즐기는 인생의 맛에는 감탄하면서 희망을 품게 된다. 그리고 「조제와 호랑이와 물고기들」에서는, 행복이 과연 어떤 기분인지 말로 표현할 수 없어 답답해하다가도, "죽은 존재"라는 말을 만나는 순간, 저도 모르게 고개를 끄덕이게 된다. 이 책의 단편들은 여자들의 고개를 끄덕이게 하고, 무릎을 치게 하고, 놀라운 탄성을 발하게 하고, 절절한 목소리로 '그래, 맞아' 하고 소리치게 한다.

그 가운데서도 특별히 내 마음을 끈 작품은 「사랑의 관」이다. 주인공 우네는 멋진 이중인격자다. 여자가 자신의 이중인격을 자각할 때, 자기혐오에 빠지느냐 아니면 자신을 더욱 사랑하게 되느냐는, 그 여자의 깊이에 달려 있다. 천박한 여자는 멋진 이중인격자가 될 수 없고, 이중인격을 자각하더라도 그것을 여유 있게 바라볼 수 없다. 그리고 여자를 멋진 이중인격자로 만드는 것은 멋진 남자다. 멍청한 남자는 여자를 멋진 배신자로 만들어버린다. 물론, 여자도 멍청해서는 안 된다. 멋진 이중인격자다운 재능을 갖추고 있어야 한다.

그런 의미에서 다나베 씨의 소설 속 주인공들은 한결같이 재능을 갖추고 있다. 그 재능이란 인생을 사랑하는 재능이다.

나는 짜증이 나거나 우울할 때면 다나베 씨의 책을 펼쳐 든다. 그리고 인생을 사랑하며 사는 법을 배운다. 아무리 어려운 책이라 해도 그걸 가르쳐주지는 않는다. 무지한 나는 그냥 머리를 두 팔로 감쌀 따름이다. 어려운 이론보다 인생을 행복하게 해주는 게 얼마나 많은지 모른다. 또, 그걸 모르는 사람이 이 세상에 얼마나 많은지 모른다. 그렇다 하더라도, 나는 그 사람들에게 다나베 씨의 책을 권하고 싶지는 않다. 너무 아깝다.

아까, 내게 전화를 걸어왔던 옛날 남자가 이렇게 물었다.

"지금 뭘 하고 있었어?"

"다나베 세이코의 책을 읽고 있었어."

내 말에 남자는 푸, 하고 웃었다.

"또? 도무지 이해가 안 가."

이해가 안 가도 좋다. 남자가 이런 즐거움을 알아버리면 곤란하다. 그러나 다나베 씨의 책을 펼쳐 들고 있었기에 나는 상냥해져 있다. 이 남자에게 말해준다는 걸 잊어버린 게 있었다고, 마음속으로 많이 후회했다. 그렇지만, 맛있는 건 지금 남자에게 주어야 한다고, 산뜻하게 미련을 떨쳐버렸다. 그녀에게는 아직도 가장 향기로운 뭔가가 숨겨져 있을 것이라고, 남자는 아마도 그런 생각을 할 것이다. 그것을 알아내려는 남자 때문에 나의 전화는 늘 길어진다. 내 쪽에서 거는 일은 거의 없다. 다른 여자가 수화기를 들면 어쩌나. 그런 생각을 한다. 사실, 나는 소심한 편이다. 물론, 그는 그 사실을 눈치채지 못하고 있다. 연인 앞에서도 뻔뻔스럽게, 그리고 조금은 매력적으로 옛 남자와 길게 전화로 이야기를 나눌 수 있는 여자라고 생각한다. 소심한 사람이라는 것을 느끼게 하는 건 내게 최후의 수단이라는 것을 그는 모른다. 이렇게 하여, 나도 점점 이중인격자가 되어간다. 물론, 다나베 씨의 소설 속에 나오는 멋진 이중인격자와는 거리가 멀지만. 그러나 그 근처 어딘가에 속할지도 모른다는 기대는 품고 있다. 「사랑의 관」의 주인공처럼, 사랑하는 남자를 상처 입힐 가능성을 슬쩍 감출 수 있을 정도로 어른스런 여자가 되고 싶다.

다나베 씨의 소설은 마음 깊은 곳에서 잊혀진 것을 자극한다. 그런 점에서 문득 생각나는 게 있다. 그것은 초콜릿 한 조각이다.

나는 세 살 때 삿포로에서 살았다. 어머니는 동생을 낳기 위해 입원해 있었다. 난산이었던 듯, 꽤 오랫동안 병원에 있었다. 아버지와 나는 불편한 생활을 하고 있었다. 막 이사를 해서 밥을 지어줄 만큼 친한 사람도 없었다. 나중에 어머니의 여동생이 나를 돌보기 위해 그 추운 땅으로 오긴 했지만, 그때까지 젊은 아버지는 매일 나에게 프랑스빵만 먹였다. 잼과 버터가 있긴 했지만, 정말 지겨운 식사였다. 나는 내리는 눈을 바라보면서, 스스로를 정말 불행한 아이라고 생각했다. 그러나 야무진 아버지를 보면서, 그 불행을 인정해서는 안 된다, 이건 운명이야, 라고 체념하고, 세 살배기 어린애치고는 무서울 정도로 담담하게 하루하루를 보내고 있었다. 어머니의 여동생은 그런 나를 보고 늘 고개를 갸우뚱했다고 한다.

이윽고 어머니가 돌아왔다. 매끈매끈하고 건강하고 원숭이 같은 아기를 안고 있었다. 나는 어떻게 하면 좋을지 몰랐다. 그랬구나, 이걸 손에 넣기 위해서 어머니는 나를 버려두었구나, 하고 여전히 무덤덤한 표정으로 지냈다.

"후다바(나의 본명)짱이 얼마나 얌전하게 잘 지냈는지 몰라" 하고 어머니의 여동생은 어머니에게 말했다. 아버지는 아기에게 감격하여 그걸 매만지고 있었다. 어머니는 말없이 석탄 난로 앞에 앉아 있는 내 곁으로 와서, 오래 집을 비워서 미안하다면서 내 머리를 쓰다듬었다. 그리고 선물이라면서 내게 초콜릿 하나를 주었다. 포장지가 허시와 닮은, 아직도 시중에서 볼 수 있는 그 제품이다. 나는 그것을 먹기 시작했다. "정말 얼마나 얌전한지 몰라" 하는 어머니의 여동생 목소리가 들려왔다. 달콤 씁쓸한 초콜릿이 목 안으로 퍼지기 시작했다. 그와 동시에 나는 깨달았다. 아아, 이렇게 하면 좋았을 것을, 진작 이렇게 하면 편했을 것을, 하고 생각했다. 나는 초콜릿을 먹으면서 소리없이 울었다. 눈물은 기분 좋게 나를 덥혀주었고, 그러다 나는 소리 내어 엉엉 울기 시작했다. 어른들은 모두 나를 보고 있었다. 아버지는 어쩔 줄 몰라 그 자리에 멍하니 서 있었고, 어머니는 나를 가슴에 끌어안았고, 어머니의 여동생은 배를 잡고 웃었다. 나는, 그때, 인생을 기분 좋게 살아가는 하나의 방법을 터득했다.

왜 내가 세 살 적 일을 그렇게 뚜렷이 기억하는가 하면, 그것이 나의 최초의 기억이기 때문이다. 물론, 평소 때는 애석하게도 그 기분 좋은 기억을 잊고 있다. 그렇지만, 다나베 세이코 씨의 책을 펼칠 때, 나는 그 초콜릿을 다시 먹기 시작하는 것이다.

야마다 에이미(소설가)

역자 후기

『조제와 호랑이와 물고기들』은 수수께끼와도 같은 미묘한 여성의 심리와 달관을 그린 단편소설집이다. 그동안 여러 작품들을 번역해왔지만, 이렇게 여자(인간)의 비밀을 밝혀줄 많은 단서들을 도처에 깔아놓은 묘한 맛을 내는 단편 모음을 대하기는 처음이 아닌가 싶다.

「눈이 내릴 때까지」의 혼자 사는 중년 여자는 애인을 만날 때마다 '처음'이라는 감정을 재생산해내는 특별한 기술을 가지고 있다. 가슴 두근거리는 긴장감, 숨 막힘, 발개지는 볼……, 그러한 반응은 마치 그 남자를 처음 만난 것 같은, 또 그 만남을 이 세상 마지막 만남이라고 여기는 듯한 사랑의 자세에서 나온다. '연속 편을 싫어하는' 여자이기에 관계의 산뜻함을 유지할 수 있다. 여자는 남몰래 자신의 몸을 가꾸는 데 소중한 돈을 투자한다. 마사지를 받고, 표티나지 않게 몸치장을 하고, 재테크로 재산을 불린다. 남자에게 의지할 생각이 없기에 남자에게 베풀지도 않는다. 여자와 남자로 만나 서로 사랑을 나누면 그만이다. 시정의 잡다한 가치관에서 비껴나 오로지 자신의 미학에 따라 살아가는 여자다. 아마도 그녀는 자기 자신의 모든 것을 무조건적으로 긍정하는 힘을 가지고 있는 것이 분명하다.

이렇게 자신을 긍정하는 힘을 극한까지 보여주는 작품이 「조제와 호랑이와 물고기들」의 주인공, 조제다. 장애인으로, 휠체어를 타고 살아야 하는 특수한 조건에 놓인 조제는 남의 눈에 잘 띄지 않게 조용히 살아간다. 그러나 그 조용한 삶은 강요된 것이다. 자신의 존재를 부정하는 주변의 모든 '정상'들 사이에서 좁고 한정된 공간에 갇힐 수밖에 없었을 따름이다. 그 공간에 어느 날 문득 마음에 드는 남자가 나타난다. 그때, 조제는 이 세상에서 가장 무서운 '호랑이'의 혼과, 가장 자유롭고 생기 넘치는 '물고기'의 혼을 덮어쓰기라도 한 듯, 발랄하게 자신의 감정을 표현한다. 자신이 세상에서 가장 아름다운 존재라는 자부심을 가지고, 그러므로 자신이 좋아하는 그 남자가 반드시 자신의 곁에 머물러야 한다는 거의 주술적인 자신감으로 여기 머물라고 말한다. 일견, 애처로운 단말마의 비명일 수도 있고, 약자가 세상을 향해 던지는 일생일대의 승부수일 수도 있지만, 그것은 자신의 전 존재를 완전히 긍정하는 힘이 아니고서는 만들어낼 수 없는 언어표현일 것이다. 남자는 그녀 곁에 머문다. 그리고 조제는 그 남자가 떠날지도 모를 시간의 도래에 가슴을 열어둔다. 그런 점에서, 조제는 몸서리 쳐질 정도로 건전하고 건강하다. 고난 속에서, 그 고난을 모두 달관한 혼이 얻을 수 있는 최고의 건강이다. 자연히 그녀는 자기표현에 거리낌이 없다. 아무런 치장도 하지 않고, 자신의 속을 있는 그대로 드러내는 기술, 그것을 체현한 표현의 달인이다. 그런 여자의 언어 앞에서 무릎 꿇지 않을 남자는 없다. 만일 꿇지 않는다면, 그는 남자가 아니다. 그런 남자, 미련 없이 버리면 그만이다.

그런 긍정의 힘은 아마도 '달관'이나 '체념'과 맞물려 움직이는 것일지도 모른다. 자신의 '이중인격'을 사랑하는 「사랑의 관」의 여주인공은 상처를 주고받는 사랑을 관에 넣어 땅에 묻어버린다. 조카와의 사랑을 하룻밤 일회성으로 끝맺는 산뜻함도 그런 관棺을 가슴에 품고 있기에 가능하다. 처음이자 마지막인 사랑이기에, 그 딱 한 번은 말로 다 할 수 없이 짜릿하다. 그 관을 가슴에 묻고 살아가다 보면, 인간과의 만남이나 사랑이란 수많은 단락이나 매듭의 나열이 될 것이다. 매번 끝나고, 매번 새로 시작되는 관계.

다나베 씨는 그것이 현명한 태도라고 말하는 것 같다.

대찬성이다.

젊은 여자를 임신시키고 「사로잡혀서」 떠나는 남자(편)를 태연하게 보내는 여자가 가련해 보이지 않는 것도, 이 소설을 읽으면서 다나베 씨의 언어에 저도 모르게 물들어버렸기 때문이 아닐까. 다나베는 씨는 너무도 짓궂게 세상에서 가장 불쌍한 남자를 곁눈질하듯 슬쩍슬쩍 그려낸다.

세상의 여자들이 좋아라 하며 읽을 소설들이지만, 남자들에게도 꼭 한 번 읽히고 싶다. 막연하나마 멋진 여자를 만날지도 모른다는 허망한 희망 따위를 품은 남자에게 권하고 싶다. 이 장소(소설)의 곳곳에 흩어져 있는 긍정의 열락을 아는 여자, 달관과 체념의 경지에 오른 여자, 그래서 자기를 있는 그대로 표현할 줄 아는 기술을 얻은 여자—혹시 당신에게 그녀의 내밀한 빛을 발견할 눈이 있다면—에게 다가서

보라고. 물론, 당신을 반갑게 안아줄지 무시할지는 전적으로 그녀의 뜻이겠지만.

2004년 10월, 양억관

조제와 호랑이와 물고기들

초판 1쇄 2004년 8월 20일
개정판 1쇄 2020년 12월 15일
개정판 5쇄 2024년 2월 5일

지은이 다나베 세이코
옮긴이 양억관
펴낸이 박진숙 | **펴낸곳** 작가정신
책임편집 황민지 | **디자인** 이현희 | **마케팅** 김영란
재무 이수연 | **인쇄 및 제본** 한영문화사

주소 (10881) 경기도 파주시 회동길 216 2층
대표전화 031-955-6230 | **팩스** 031-944-2858
이메일 editor@jakka.co.kr | **블로그** blog.naver.com/jakkapub
페이스북 facebook.com/jakkajungsin | **인스타그램** instagram.com/jakkajungsin
출판 등록 제406-2012-000021호

ISBN 979-11-6026-212-4 03830

이 도서의 국립중앙도서관 출판시도서목록(CIP)은 서지정보유통지원시스템 홈페이지(http://seoji.nl.go.kr)와 국가자료공동목록시스템(http://www.nl.go.kr/kolisnet)에서 이용하실 수 있습니다.
(CIP제어번호 : CIP2020050228)